SUSAN HOWATCH
Die dunkle Küste

Buch

Alles, was Sarah weiß, ist, daß die erste Frau ihres Mannes eines gewaltsamen Todes gestorben ist. Und daß alle, die an jenem schrecklichen Wochenende im Hause waren, jetzt wieder unter demselben Dach versammelt sind. Hat ein kaltblütiger Mörder entdeckt, daß Sarah zu gefährliche Fragen stellt? Kann sie den Ring des Bösen sprengen, der nicht nur ihre Ehe, sondern sogar ihr Leben bedroht?

Autorin

Susan Howatch, 1940 in der englischen Grafschaft Surrey geboren, studierte Jura an der University of London. Sie lebte elf Jahre in Amerika, wo sie heiratete und eine Tochter bekam. Dort veröffentlichte sie auch ihren ersten Roman und seither widmet sie sich nur noch dem Schreiben. Zuletzt arbeitete sie an ihrem Church-of-England-Zyklus, der in Kürze mit »Die ganze Wahrheit« abgeschlossen sein wird. Susan Howatch lebt heute in London.

Außerdem von Susan Howatch bei Goldmann lieferbar

Die Erben von Penmarric. Roman (42578)
Die Reichen sind anders. Roman (41355)
Der Zauber von Oxmoon. Roman (09123)

SUSAN HOWATCH
Die dunkle Küste

Roman

Aus dem Englischen
von Leni Sobez

Die Originalausgabe erschien unter dem Titel
»The Dark Shore«

Umwelthinweis:
Alle bedruckten Materialien dieses Taschenbuches
sind chlorfrei und umweltschonend.

Portobello Taschenbücher erscheinen im Goldmann Verlag,
einem Unternehmen der Verlagsgruppe Bertelsmann GmbH

Einmalige Sonderausgabe Januar 2001
Copyright © der Originalausgabe 1965 by Susan Howatch
Copyright © der deutschsprachigen Ausgabe 1981
by Albrecht Knaus Verlag, München,
in der Verlagsgruppe Bertelsmann GmbH
Umschlaggestaltung: Design Team München
Umschlagmotiv: Bernhard Guttmann
Satz: IBV Satz- und Datentechnik, Berlin
Druck: Elsnerdruck, Berlin
Verlagsnummer: 55212
RM · Herstellung: Schröder
Made in Germany
ISBN 3-442-55212-5
www.portobello-verlag.de

1 3 5 7 9 10 8 6 4 2

PROLOG

Unter den vielen Millionen Menschen von London fühlte Jon sich allein.

Draußen summte und pulsierte das nächtliche Leben der Großstadt, doch in seinem unpersönlichen Hotelzimmer herrschte Stille.

Er ging über den dicken Teppich zum Fenster. Sechs Stockwerke tiefer kroch ein Bus wie ein rotes Rieseninsekt die Berkeley Street entlang, und ganze Rudel von Taxis fuhren unmittelbar am Hoteleingang vorüber, ehe sie in südlicher Richtung zum Piccadilly einschwenkten.

Die Abgeschlossenheit des Raumes isolierte ihn.

Die Politur der Möbel schimmerte sanft im Lampenlicht. Die weißen Kissenbezüge des Bettes waren makellos glatt. Seine Koffer standen sauber ausgerichtet an der Wand.

Jon war allein in dieser riesigen, unpersönlichen Stadt, ein Fremder, der in ein Land zurückgekehrt war, das er fast vergessen hatte.

Die Hoffnung, durch seine Rückkehr in die Stadt, in der er geboren war, die Verbindung mit der Vergangenheit wiederaufzunehmen, kam ihm plötzlich wahnwitzig vor.

Er packte nur die notwendigsten Dinge aus und zündete sich dann eine Zigarette an. Auf dem Bett lag die Abendzeitung. Im Innenteil, auf der Klatschspalte, lächelte ihm sein Foto entgegen.

Als er das Blatt angewidert aufhob, kam es ihm einen Augenblick lang vor, als wäre das Foto das Bild eines Fremden. Der Text darunter schien einen Mann zu betreffen, den er nicht kannte.

In dem Artikel hieß es, er sei ein kanadischer Millionär.

Seine Mutter wurde erwähnt und ihre Beziehungen zur Londoner High Society, die allerdings schon lange zurücklagen. Weiter wurde berichtet, daß er in Kürze zum zweitenmal heiraten werde. Seine Verlobte sei Engländerin. Mit diesen vagen Angaben glaubte der Kolumnist offenbar dem Informationsbedürfnis der Londoner Gesellschaft Genüge getan zu haben.

Jon zerriß die Zeitung und zerknüllte die Fetzen. Seine Mutter hatte den Bericht bestimmt schon vor einer Stunde gelesen, als das Blatt in das große Haus in der Halkin Street geliefert wurde.

Also wußte sie, daß er in London war.

Ob sie überhaupt daran interessiert war, ihn nach diesen zehn Jahren wiederzusehen?

Wahrscheinlich nicht, denn er hatte ihr in dieser Zeit niemals geschrieben.

Sarah hatte es wie ein Schock getroffen, als er ihr erzählte, daß er seiner Mutter keine Briefe schrieb. Dabei war die Erklärung doch so einfach. Sarah konnte es nur nicht verstehen, denn sie war in einer glücklichen Familie aufgewachsen. Jede noch so kleine Abweichung von ihrem Lebensstil zeigte, wie verletzlich sie war, wenn man sie aus jener kleinen, heilen Welt herausnahm, die ihre Eltern für sie geschaffen hatten.

Aber gerade ihre Unverdorbenheit hatte Jon als besonderen Vorzug empfunden. Hauptsächlich aus diesem Grund wollte er sie auch heiraten.

Er konnte sich schon alles ganz genau vorstellen. Tagsüber würde er in seiner Welt aus Mietwohnungen und Bilanzen leben, aber abends würde Sarah auf ihn warten...

Sarah würde von Dingen sprechen, die er liebte. Nach dem Abendessen würde er sich ans Klavier setzen, und der Abend würde ihnen Ruhe und Frieden bringen. Mit seiner Liebe konnte er ihr zeigen, wie dankbar er ihr für diesen Frieden war. Er würde sie vor den Härten des Lebens schützen, und Sarah würde ihn dafür lieben. Sie brauchte ihn noch nötiger als er sie. Alles würde jedenfalls ganz anders sein als in der Vergangenheit.

Plötzlich zuckte die Erinnerung an Sophia wie ein Blitz durch sein Gehirn.

Nein!

An Sophia wollte er nicht denken. Er ertrug die Erinnerung an sie nicht.

Aber die Gedanken ließen sich nicht wegschieben.

Da er nun in London war, würde er auch Justin treffen, und sobald er Justin sah, würde er unwillkürlich an Sophia denken.

Unsinn!

Justin war neunzehn Jahre alt. Sein Interesse würde sich auf schnelle Sportwagen und flotte Partys, hübsche Mädchen und Kricket im Sommer beschränken. Quälende Erinnerungen an die Vergangenheit würde es also kaum geben.

Das Telefon läutete.

In der Stille des Zimmers klang das Läuten aufdringlich laut.

Jon beeilte sich, den Hörer abzunehmen. Er ließ sich aufs Bett fallen und lehnte sich zurück.

»Ein Gespräch für Sie, Mr. Towers«, meldete die Zentrale.

Es knackte in der Leitung, dann folgte Schweigen.

»Hallo?« fragte Jon.

Plötzlich war jeder Nerv in ihm gespannt. Am anderen Ende der Leitung hörte er jemanden atmen.

»Hallo?« rief er nochmals. »Wer ist dort?«

Auf seiner Stirn und im Nacken spürte er kalten Schweiß. Er wußte nicht, weshalb er auf einmal Angst hatte und wovor.

Und dann flüsterte eine weiche Stimme in den Hörer: »Willkommen zu Hause, Mr. Towers. Weiß Ihre Verlobte, daß Sie vor zehn Jahren Ihre Frau umgebracht haben?«

Erster Teil

I

Um ein Haar hätte Justin Towers sich keine Abendzeitung gekauft. Seine Augen brannten, als er um halb sechs das Büro verließ, wo er Stunde um Stunde über Zahlen gebrütet hatte.

Die Heimfahrt in der U-Bahn war ihm ein Greuel. Er haßte den abendlichen Berufsverkehr, haßte es, in überfüllte Waggons gepfercht zu sein, haßte auch den endlosen Strom gesichtsloser Menschen, die sich an ihm vorbeiquetschten.

Die U-Bahn war sein täglicher Alptraum.

Voll schmerzlicher Sehnsucht dachte er an die Tage seiner Kindheit mit dem blauen Himmel über der wogenden See, an die gelben Mauern und weißen Fensterläden von Clougy.

Die Vision ging rasch vorüber. Unentschlossen stand er an einem der zahllosen Eingänge zur U-Bahn. Er glaubte in den Dieselabgasen ersticken zu müssen, und das Röhren der Züge in den Tunnels dröhnte schmerzhaft in seinen Ohren.

Da sah er einen Bus, der zum Ludgate Circus fuhr. Als die Ampel für ihn auf grünes Licht schaltete, war er mit ein paar Sprüngen an der Haltestelle und stieg ein.

Am Green Park hatte er es endgültig satt, diesem Moloch Verkehr wehrlos ausgeliefert zu sein. Er verließ den Bus und ging zur U-Bahn-Station.

Er war entsetzlich müde.

Aus Langeweile kaufte er dann doch an einem Zeitungskiosk die Abendzeitung.

Auf dem Bahnsteig überflog er die Börsenberichte und legte die Zeitung wieder zusammen, als der Zug einfuhr.

In einem Wagen fand er eine ruhige Ecke und begann, die Titelseite zu lesen.

Aber schon wieder störte ihn die Menge; und dann vergaß

er plötzlich die Zeitung und sah Clougy vor sich, wie es an jenen strahlenden Sommertagen vor langer Zeit ausgesehen hatte.

Die Landschaft stand klar und deutlich vor seinem geistigen Auge. Flip lag auf dem Rücken und spielte mit Fliegen und Schmetterlingen. Der Rasen war tiefgrün, weich und glatt. Aus den offenen Fenstern des Hauses klang leises Klavierspiel.

Eine Frau lehnte im weißlackierten Schaukelsofa. Neben ihr stand auf einem schmiedeeisernen Tischchen eine Schüssel mit Kirschen.

Wenn er zu der Frau lief und um ein paar Kirschen bat, lachte sie und sagte: »Justin, du wirst zu fett.«

Dann zog sie ihn an sich und küßte ihn. Danach konnte er Kirschen haben, soviel er wollte.

An den Hunger jener Tage erinnerte er sich sehr deutlich. Er aß zuviel Kuchen und Leckereien, denn er hatte immer Hunger.

Einmal meinte der Mann, der im Haus immer so wundervoll Klavier spielte, sie müßten allmählich ein wenig Sport treiben, bevor Justin zu fett würde und sich überhaupt nicht mehr bewegen könnte.

Damals begannen sie mit ihren täglichen Spaziergängen zum Strand, den gewundenen Pfad entlang, zu der kleinen, ruhigen Bucht. Über hohe Felsstufen mußte ihn der Mann hinwegheben. Am Strand gab es große Geröllbrocken und kleine Granitsteine, an denen die Wellen leckten.

Sie lagen in der Sonne und sahen der ewig gleichen Bewegung des Meeres zu.

Manchmal sprach der Mann auch, und das liebte Justin besonders. Der Mann malte mit seinen Worten bunte Bilder für ihn, wodurch die Welt plötzlich reich und erregend und voll strahlender Farben wurde.

Ab und zu schwieg der Mann auch. Das war dann enttäuschend, wenn auch nur bis zu einem gewissen Grad, denn schon die Gegenwart des Mannes war erregend, und der Spaziergang zum Strand und zu den Flat Rocks war immer ein Abenteuer, ein durch Gefahr erhöhtes Glück.

Auch dem Mann schienen die Spaziergänge Freude zu machen. Selbst wenn sie in Clougy Gäste hatten, fand er immer Zeit und Gelegenheit, mit Justin als einzigem Begleiter sich ein paar Stunden der Einsamkeit zu gönnen.

Darauf war Justin grenzenlos stolz gewesen.

Hätte der Mann es gewünscht, dann wäre Justin ihm bis ans Ende der Welt gefolgt.

Doch dann war jenes Wochenende gekommen. Und plötzlich war die Welt grau und voll Schmerz und Schrecken und Trauer gewesen.

Später konnte er sich dann nur noch an seine Großmutter erinnern, die in dem hellblauen Kostüm sehr elegant und sehr selbstbewußt ausgesehen hatte.

»Du kommst jetzt mit zu mir und bleibst bei mir, Liebling«, hatte sie gesagt. »Freust du dich? In London zu wohnen ist viel interessanter, als in einem so gottverlassenen Nest zu leben.«

Und als er ein trauriges Gesicht machte, sagte sie: »Was? Hat es dir dein Vater denn nicht erklärt? Natürlich kannst du jetzt nicht mit ihm ins Ausland gehen. Er will, daß du in England aufwächst und eine gute Erziehung bekommst. Und auf keinen Fall kann er dort, wo er hingeht, ein neunjähriges Kind brauchen. Das verstehst du doch gewiß, nicht wahr?«

Sehr viel später erklärte sie ihm auf seine Fragen: »Warum er nicht geschrieben hat? Nun, weißt du, Liebling, er schreibt niemals Briefe. Du lieber Himmel! Wer sollte das sonst wissen, wenn nicht ich? Aber zu Weihnachten und zu deinem Geburtstag wird er dir wohl sicher etwas schicken – falls er es nicht vergißt. Natürlich ist es ziemlich wahrscheinlich, daß er nicht daran denkt. Meinen Geburtstag hat er auch immer vergessen. Aber das lag vielleicht daran, daß er im Internat war.«

Der Vater hatte ihn tatsächlich vergessen. Das war entsetzlich. Noch entsetzlicher war, daß Justin niemals mehr von ihm gehört hatte.

Der U-Bahn-Zug donnerte durch den Tunnel, und plötzlich war Justin wieder in der Gegenwart.

Der Hemdkragen klebte ihm am Hals.

Es hatte keinen Sinn, an die Vergangenheit zu denken. Sie war vorbei, abgeschlossen und vergessen. Er würde seinen Vater niemals wiedersehen. Und Justin hatte auch kein Verlangen mehr danach. Es gab keine Verbindung mehr zwischen ihnen.

Am Hyde Park stiegen etliche Fahrgäste aus. Erst jetzt fand Justin eine Möglichkeit, die Zeitung in der Mitte zu falten und eine Seitenhälfte nach der anderen zu lesen.

Und dann fiel sein Blick auf das Foto, dessen Bildlegende mit den Worten begann: *Jon Towers, kanadischer Grundstücksmillionär...*

Es traf ihn wie ein Schock.

Ihm wurde fast übel, als er an der Station Knightsbridge ausstieg. Er mußte sich kurze Zeit auf eine der Bänke setzen, ehe er die Treppe nach oben schaffte.

Jemand bot ihm Hilfe an, so kalkweiß sah er aus.

Oben schien ihm das Straßenpflaster in Wellen entgegenzukommen. Er warf die Zeitung in einen Abfallkorb und machte sich zum Haus seiner Großmutter in den Consett Mews auf.

2

Camilla öffnete die oberste Schublade ihres Toilettentisches und schüttete aus einem Fläschchen zwei Tabletten in ihre Hand. Sie sollte eigentlich nur eine nehmen, aber gelegentlich konnte eine weitere sicher nicht schaden. Nach ihrer Auffassung waren die Ärzte eher zu vorsichtig als zu großzügig.

Nachdem sie die Tabletten mit etwas Wasser geschluckt hatte, besserte sie sorgfältig ihr Make-up aus. Die Fältchen um Augen und Mund waren besonders wichtig, aber als sie ihr Gesicht im Spiegel prüfte, stellte sie fest, daß sich die Spuren des Schocks trotz der Schminke noch immer auf ihrem Gesicht abzeichneten.

Sie mußte wieder an Jon denken. Wenn es nur möglich wäre, ihn von Justin fernzuhalten.

Jon schien nur wegen seiner Verlobten in England zu sein, vielleicht aber auch aus geschäftlichen Gründen. Vielleicht hatte er gar nicht die Absicht, jemanden aus seiner Familie zu sehen. Justin würde andererseits entsetzlich darunter leiden, wenn er wüßte, daß sein Vater in London war und keinen Versuch machte, sich mit ihm zu treffen.

Der Zorn schnürte ihr plötzlich die Kehle zu und brannte schmerzhaft hinter ihren Augäpfeln.

Nur ein Ungeheuer wie Jon, überlegte sie, brachte es fertig, nach zehn Jahren nach England zu kommen, ohne seine eigene Mutter wissen zu lassen, daß er im Land war.

»Es ist ja durchaus nicht so, daß ich ihn sehen wollte«, sagte sie laut, »und mir ist es verdammt egal, ob er mich besucht oder nicht. Es geht mir nur um das Prinzip...«

Tränen rollten über ihre Wangen. Das neue Make-up war hoffnungslos verdorben.

Sie stand auf und tappte tränenblind zum Fenster.

Angenommen, Justin erfuhr, daß sein Vater in London war. Angenommen, er versuchte Jon zu treffen und würde unwiderstehlich von ihm angezogen. Justin war zwar erwachsen, ein vernünftiger junger Mann von neunzehn Jahren, der sich nicht allzu leicht beeinflussen ließ, schon gar nicht von einem Vater, der sich nicht um ihn gekümmert hatte. Aber Jon war daran gewöhnt, alles unter seinen Einfluß zu bekommen, was sich in seiner Reichweite befand.

Doch wenn er wirklich versuchen sollte, ihr Justin wegzunehmen – nein, das würde er wohl nicht tun.

Was hatte Jon je für Justin getan?

Sie, Justins Großmutter, hatte ihn aufgezogen. Justin gehörte ihr, nicht Jon, und Jon mußte das einsehen.

Die Erinnerung war ein brennender Schmerz. So war es immer gewesen, von Anfang an, dachte sie. All diese Kindermädchen, und keines konnte etwas mit ihm anfangen. Auf mich hat er ohnehin nie gehört. Immer mußte er versuchen, allen anderen seinen Willen aufzuzwingen, damit sie genau das taten, was er wollte und wie er es wollte.

Sie hatte ihn ein Jahr zu früh ins Internat geschickt, weil sie nie mit ihm fertig wurde.

Verbittert dachte sie daran, daß sie ihm nie gefehlt hatte. Ja, er hatte seine Unabhängigkeit geradezu genossen. Im Internat hatte er neue Gebiete erforschen können, neue Jungen, die man beherrschen und unterdrücken konnte, Lehrer, die man beeindrucken oder verspotten mußte, ganz wie es ihm gerade paßte. Und dann hatte er das Klavier entdeckt.

»Mein Gott!« sagte sie laut in die Stille hinein. »Dieses schreckliche Klavier!«

Er hatte als Fünfjähriger einmal eines gesehen und zu spielen versucht, doch dabei war natürlich nichts herausgekommen. Von da an hatte er jedoch nicht mehr geruht, bis er das Instrument beherrschte.

Sie erinnerte sich seiner ununterbrochenen Übungen und des Krachs, der ihre Nerven so ruiniert hatte.

Nach dem Klavier waren dann die Mädchen drangewesen. Jedes Mädchen war eine Herausforderung für ihn gewesen. Es mußte erobert werden. Und sie hatte sich ständig Sorgen gemacht, wenn er sich wieder einmal an ein ganz unmögliches Ding gehängt hatte. Wie weh hatte es getan, wenn er sie für diese Sorgen auch noch auslachte und verspottete. Auch die Drohung, er müßte sich an seinen Vater um Hilfe wenden, wenn er einmal in Schwierigkeiten käme, hatte nichts genützt.

Noch jetzt hörte sie sein Lachen.

Neunzehn Jahre alt war er schließlich gewesen, als er diese Affäre mit der kleinen griechischen Hure gehabt hatte, die in einer miesen Kneipe in Soho bediente.

Diese Wahnsinnsheirat!

Damit hatte er sich seine sämtlichen Chancen in der City verbaut.

Sie wußte heute nicht mehr genau, wer sich damals mehr

geärgert hatte, sie oder ihr erster Mann. Aber Jon war das ohnehin gleichgültig gewesen. Er hatte nur gelacht, seinen Eltern den Rücken gedreht und sie einfach stehengelassen.

Von da an hatten sie ihn kaum mehr gesehen.

Die Gedanken und Erinnerungen huschten in ununterbrochener Folge durch ihr Gehirn: ihre Weigerung, seine Frau zu akzeptieren; Jons Gegenschlag, der darin bestand, daß er sich ans andere Ende Englands zurückzog; Verbindung mit seiner Mutter hatte, er dann nur noch aufgenommen, wenn es ihm gepaßt hatte, zum Beispiel, als Sophia tot war.

»Ich gehe ins Ausland«, hatte er gesagt. »Du wirst dich doch um Justin kümmern, ja?«

Das war alles gewesen.

»Du wirst dich doch um Justin kümmern« – als sei sie ein bezahlter Dienstbote.

Warum hatte sie eigentlich – ganz gegen ihre Absicht – zugesagt? Sie hätte ihm am liebsten die unfreundliche Antwort an den Kopf geworfen, er solle sich jemand anderen suchen, der für ihn die dreckige Arbeit machte, aber sie hatte sich dann doch bereit erklärt, das zu tun, was er wünschte.

Von jener Zeit an war Justin bei ihr, und Jon befand sich in Kanada.

Sie hatte es nie für möglich gehalten, daß Jon sie so völlig aus seinem Leben verbannen könnte. Sie hatte zwar niemals mit regelmäßigen Briefen gerechnet, aber doch wenigstens mit einer gelegentlichen Nachricht, da sie sich ja schließlich um seinen Sohn angenommen hatte. Aber nicht ein einziger Brief war für sie gekommen. Unglaublich! Immer hatte sie auf die nächste Post, die nächste Woche gewartet, aber immer vergebens.

Die Tränen liefen ihr über die Wangen und lösten ihr Make-up vollends auf. Sie mußte neues auftragen. Sie wollte nicht schwach erscheinen und war daher zornig. »Er macht mich wütend«, sagte sie laut.

Tatsächlich, es machte sie wütend, daß er nach alldem, was sie für ihn getan, nicht ein Wort des Dankes gefunden hatte.

Sie sah auf die Uhr. Justin würde bald nach Hause kommen. Mit ungeduldigen, ungeschickten Bewegungen wischte sie mit Kosmetikpapier die Tränen ab und griff nach der Puderdose. Sie mußte sich beeilen. Justin durfte sie nicht so sehen.

Zum drittenmal konzentrierte sie sich auf ihr Make-up.

Ob wohl irgend jemand von Jon gehört hatte, seit er nach Kanada gegangen war?

Vielleicht hatte er Marijohn geschrieben.

Aber auch von Marijohn hatte sie seit ihrer Scheidung von Michael nichts mehr gehört. Michael hatte sie zufällig bei einer Weihnachtsfeier getroffen. Sie hatte ihn immer sehr gern gehabt. Jon hatte niemals etwas an ihm gelegen, denn ihm war ein anderer schrecklicher Kerl immer lieber gewesen.

Wie hatte er doch geheißen?

Den Namen las man so häufig in der Klatschspalte gewisser Boulevardblätter.

Ach, ja, Alexander; Max Alexander hatte er geheißen.

Ein Schlüssel drehte sich in der Haustür. Jemand betrat die Halle.

Er war zu Hause.

Ein letzter Tupfer mit der Puderquaste, ein letzter Blick in den Spiegel, dann ging sie auf den Balkon hinaus.

»Justin?«

»Hallo!« antwortete er aus dem Wohnzimmer.

Es klang ruhig und unbekümmert.

»Wo steckst du denn?«

»Ich komme schon.«

Er weiß es nicht, dachte sie. Er hat die Zeitung noch nicht gelesen. Es wird alles gut werden.

Sie betrat das Wohnzimmer. An den hohen Fenstern bauschten sich im Luftzug die Vorhänge.

»Ah, da bist du ja!« sagte Justin.

»Wie geht es denn, mein Liebling? Schöner Tag gewesen?«

»Hm. Leidlich.«

Sie gab ihm einen Kuß und sah ihn prüfend an.

»Sehr zufrieden klingt das nicht«, stellte sie fest.

Er sah weg, ging zum Kamin, nahm eine Zigarettenschachtel in die Hand, legte sie wieder zurück und ging zum Fenster.

»Deine Pflanzen gedeihen doch sehr schön, nicht wahr?« fragte er geistesabwesend und sah in den Patio hinunter.

Doch plötzlich drehte er sich um. Es traf sie unvorbereitet. Jede Linie ihres Gesichtes spiegelte die Anspannung wider.

»Justin...«

»Ja«, antwortete er ruhig. »Ich habe die Zeitung gelesen.«

Er ging zum Sofa, setzte sich und schlug die *Times* auf.

»Das Foto ist nicht sehr ähnlich, oder? Warum ist er eigentlich in London?«

Seine Großmutter antwortete nicht. Er überflog die Gesellschaftsnachrichten, dann die anderen Spalten. Nichts war zu hören als das Rascheln der Zeitung.

»Was gibt es zu essen, Gran?« fragte er nach einer Weile. »Steak?«

»Justin...«

Camilla kam zum Sofa, und ihre Hände flatterten.

»Ich weiß«, sagte sie mühsam mit hoher Stimme, »ich weiß, wie du dich fühlen mußt...«

»Das glaube ich nicht ganz, Gran, denn um ehrlich zu sein – ich fühle nichts. Er bedeutet mir nichts.«

Sie sah ihn an.

Er erwiderte ruhig ihren Blick und beschäftigte sich erneut mit der *Times*.

»Ah, ich verstehe!« sagte Camilla und wandte sich ab. »Du wirst dich natürlich nicht mit ihm in Verbindung setzen?«

»Natürlich nicht. Und du?«

Er legte die Zeitung zusammen und stand auf.

»Ich gehe nach dem Essen aus, Gran. Gegen elf bin ich zurück. Ich versuche leise zu sein.«

»Ja«, antwortete sie langsam. »Ja. Ist in Ordnung, Justin.«

Die Tür schnappte hinter ihm ins Schloß.

Sie war allein im Zimmer. Es erleichterte sie zu wissen, daß er so vernünftig dachte. Trotzdem blieb eine gewisse Eifersucht. Von ihren Sorgen verwirrt, verglich sie die Selbstgenügsamkeit ihres Enkels mit Jons unablässiger Betonung seiner Unabhängigkeit.

3

Eve kaufte nie eine Abendzeitung, da sie gewöhnlich keine Zeit hatte, sie zu lesen. Die Fahrt von ihrem Büro am Piccadilly zu ihrer Wohnung in der Davies Street war zu kurz, und zu Hause mußte sie sich immer beeilen, ihr Bad zu nehmen und sich anzuziehen, um auszugehen. Blieb sie einmal zu Hause, hatte sie für eine Dinnerparty zu kochen. Zeitungen spielten somit in ihrem Leben eine recht unbedeutende Rolle.

An jenem Abend hatte sie sich gerade angezogen und gab sich nun der komplizierten Beschäftigung hin, ihr Make-up aufzutragen, als ein unerwarteter Besucher ihre ganze Zeitrechnung über den Haufen warf.

»Ich wollte nur mal schnell bei dir vorbeisehen. Hoffentlich störe ich dich nicht. Du sagst es mir doch, wenn ich im Weg bin?«

Mindestens zehn Minuten hatte sie gebraucht, um ihn loszuwerden, und dann ließ er auch noch einen Wust von Abendzeitungsblättern zurück, als wollte er dem Raum seinen Stempel aufdrücken, wo er doch schon ihre kostbare Zeit über Gebühr in Anspruch genommen hatte. Eve schob die Zeitung unter ein Kissen, stellte in der Küche die leeren Gläser in eine versteckte Ecke und gab sich dann Mühe, endlich ihrer Erscheinung den letzten Glanz zu verleihen.

Doch schließlich hatte sie sich ganz umsonst abgehetzt, denn der Mann verspätete sich.

Um die Wartezeit totzuschlagen, holte sie die Zeitung unter dem Kissen heraus. Sie war nützlich, um darin den Schinken einzuwickeln, der seit dem letzten Wochenende an Frische eingebüßt hatte. Auf dem Küchentisch schlug sie die Zeitung auf. Sie wollte sich gerade zum Kühlschrank umdrehen – eine Sekunde später war der Schinken jedoch vergessen.

Jon Towers, kanadischer Grundstücksmillionär...
Towers!
Nein, das war doch nicht möglich!
Sie nahm das Blatt auf, und dabei glitt der Rest der Zeitung zu Boden.
Jon! Jon Towers! Das war doch dieser Mann –
Kanadischer Grundstücksmillionär...
Nein, es mußte doch ein anderer sein. Aber Jon war nach jenem grauenhaften Wochenende in Clougy nach Übersee gegangen.
Clougy!
Wie komisch, daß ihr der Name wieder eingefallen war.
Sie sah dieses gelbe Haus mit den weißen Fensterläden noch genau vor sich, den tiefgrünen Rasen, den Hügel, der zu beiden Seiten des Hauses zur Bucht abfiel. Wo Füchse und Hasen sich gute Nacht sagen, hatte sie damals gedacht. Vier Meilen zur nächsten Stadt, zwei Meilen zur Landstraße, ganz am Ende eines Fahrweges. Aber sie hatte ja niemals mehr dorthin gehen müssen. Dieses eine Mal reichte sowieso für ein ganzes Leben.
Bleibt in London – englische Verlobte...
Wahrscheinlich wohnte er in einem der bekannten eleganten Hotels. Es wäre doch bestimmt ziemlich einfach, ihn zu finden, falls – man ihn finden wollte. Aber das wollte sie ja gar nicht.
Oder vielleicht doch?
Jon Towers! Diese Augen!
Sie starrte das ein wenig unklare Foto an. Man sah in diese Augen und vergaß, daß man Rückenschmerzen hatte, daß es zog, vergaß die vielen ermüdenden Dinge, die einen peinigen können. Man konnte das Klavier hassen und die Musik als sinnlosen Krach empfinden, aber man mußte ihm zuhören, sobald er die Hände auf die Tasten legte. Er lachte oder machte irgendeine belanglose Handbewegung, und man konnte keinen Blick von ihm wenden.
Ein Weiberheld, hatte sie gedacht, als sie ihn kennenlernte,

aber am Abend hatte Max dann zu ihr gesagt: »Jon? Du lieber Gott! Hast du's denn nicht bemerkt? Er ist in seine Frau verknallt. Komisch, was?«

Ja, seine Frau.

Eve legte die Zeitung weg und hob die verstreuten Seiten auf. Ihre Beine waren schwer und steif. Sie fröstelte. Sie stopfte die Zeitung in den Abfallkübel und ging zurück in das stille Wohnzimmer.

Jon Towers war also wieder in London. Der hatte Nerven!

Aber vielleicht wäre es recht amüsant, Jon wieder zu begegnen? Schade, daß er sie wahrscheinlich völlig vergessen hatte, daß er jetzt ein ganz fremdes Mädchen heiraten wollte, das sie wahrscheinlich nicht kannte. Aber es wäre trotzdem interessant, diese Augen und den kraftvollen Körper wieder einmal zu sehen. Ob sie nach diesen zehn Jahren noch immer jene Erregung in ihr hervorrufen konnten wie damals? Oder könnte sie ihm jetzt mit unbeteiligter Kühle gegenübertreten? Vielleicht war es damals nur eine sexuelle Anziehung gewesen, die jetzt ihre Wirkung verloren hatte. Vielleicht war da aber noch etwas anderes gewesen? Sie hatte es damals Max zu erklären versucht, wußte aber heute noch nicht genau, was sie hatte erklären wollen.

»Nein, es ist nicht nur Sex, Max«, hatte sie damals gesagt. »Es ist noch etwas anderes. Nicht nur Sex.«

Max hatte seine blasierte, zynische Miene aufgesetzt.

»Nein? Weißt du das ganz bestimmt?«

Max Alexander!

Sie ging zum Telefon und schlug das dicke Londoner Telefonbuch auf.

4

Max Alexander lag im Bett. Es gab nur einen einzigen Platz, der ihm noch lieber war als das Bett: der Steuersitz eines Rennwagens. Sein Arzt hatte ihm geraten, in dieser Saison auf

Rennen zu verzichten, und so blieb ihm mehr Zeit für das Bett.

An jenem Abend erwachte er eben von einem kurzen Schlummer und griff nach einer Zigarette, als das Telefon klingelte. Nur aus Neugier hob er den Hörer ab.

»Hallo, Max!« sagte eine ihm unbekannte Frauenstimme am anderen Ende. »Wie geht es dir?«

Er zögerte, denn er ärgerte sich. Immer diese Weiber mit ihrem geheimnisvollen Getue!

»Hier ist Flaxman 9811«, antwortete er trocken. »Sie müssen die falsche Nummer gewählt haben.«

»Du hast aber ein kurzes Gedächtnis, Max«, sagte die Stimme am anderen Ende. »Seit Clougy ist doch nicht so schrecklich viel Zeit vergangen, oder?«

Es dauerte eine ganze Zeit, ehe er höflich sagen konnte: »Seit wann, sagten Sie?«

Er war sichtlich verdutzt.

»Clougy, Max. Clougy! Du hast doch deinen Freund Jon Towers nicht vergessen?«

Lächerlich, daß ihm ihr Name nicht einfiel!

Vage erinnerte er sich eines biblischen Namens.

Ruth? Esther?

Zum Teufel! In der Bibel gab es wahrscheinlich jede Menge weiblicher Namen, aber ihm fiel außer diesen beiden keiner ein. Wenn man auch ein Vierteljahrhundert lang keine Bibel mehr aufschlägt –

»Oh, du bist es!« sagte er aufs Geratewohl. »Und ist die Welt derzeit freundlich zu dir?«

Weshalb, zum Teufel, rief sie überhaupt an?

Nach dieser Sache in Clougy hatte er sie nicht mehr gesehen. Jeder war seine eigenen Wege gegangen. Und zehn Jahre war es überdies her. Zehn Jahre sind eine sehr lange Zeit.

»Seit zwei Jahren wohne ich in der Davies Street«, hörte er sie sagen. »Ich arbeite jetzt bei einer Firma am Piccadilly. Diamantenhändler. Chefsekretärin, weißt du.«

Als ob ihn das interessierte!

»Natürlich hast du die Zeitungsnotiz über Jon gelesen«, fuhr sie fort, ehe er noch etwas sagen konnte. »In der Abendzeitung.«

»Jon? Wieso?«

»Ah, du hast die Zeitung noch nicht gesehen? Er ist in London.«

Plötzlich bestand die Welt nur noch aus einem elfenbeinfarbenen Telefonhörer und einem Stich unter dem Herzen.

»Er bleibt einige Tage. Ich denke, er ist geschäftlich hier. Ich überlegte mir nur eben, ob du schon davon gehört hast. Hat er dir geschrieben, daß er kommt?«

»Die Verbindung riß ab, als er ins Ausland ging«, antwortete Alexander brüsk und legte den Hörer auf, ohne ihre Antwort abzuwarten.

Erstaunt stellte er fest, daß er schwitzte. Sein Herz arbeitete so angestrengt, daß die Ärzte den Kopf geschüttelt hätten. Er legte sich in die Kissen zurück und versuchte, bewußt und langsam zu atmen.

Es war furchtbar mit diesen Frauen! Immer mußten sie einen mit so unerwarteten Nachrichten überfallen. Sicher machte ihnen so etwas teuflischen Spaß und war die Würze ihres Lebens. Und diese Frau hatte sich in ihrer Rolle als Klatschtante besonders gut gefallen.

»Jon Towers«, sagte er laut.

Das half ihm, die Vergangenheit Stück für Stück zurückzuholen. Allmählich gelang es ihm auch, die Lage ruhig, leidenschaftslos und desinteressiert zu betrachten.

An Jon hatte er sehr lange nicht mehr gedacht. Wie mochte es ihm in Kanada ergangen sein? Und warum war er nach all diesen Jahren wieder zurückgekommen?

Er hatte immer den Eindruck gehabt, Jon würde nach dem plötzlichen Tod seiner Frau nie mehr zurückkehren.

Alexander erstarrte, als er an Sophias Tod dachte. Noch jetzt konnte er sich genau der amtlichen Leichenschau, der Ärzte, der Vernehmungen bei der Polizei erinnern, als wäre es erst gestern gewesen. Die Jury war zu dem Ergebnis gekommen, daß der Tod ein Unglücksfall gewesen war, obwohl die Möglichkeit eines Selbstmordes nicht ganz ausgeschlossen wurde. Jon hatte damals sein Geschäft in Penzance verkauft und war zwei Monate später nach Kanada geflogen.

Alexander zündete sich eine Zigarette an und rauchte bedächtig vor sich hin. Seine Erinnerungen wurden zunehmend klarer.

Er war mit Jon zur Schule gegangen. Obwohl sie nicht viel gemeinsam hatten, interessierten sich beide für Autorennen, und sie besuchten einander in den Ferien. Jons Mutter war eine ziemlich snobistische Dame und gesellschaftlich sehr in Anspruch genommen. Jon hatte oft mit ihr gestritten. Seine Eltern hatten sich scheiden lassen, als er sieben war. Sein Vater mußte ziemlich reich und exzentrisch gewesen sein. Er hatte seine Zeit auf botanischen Expeditionen verbracht, so daß Jon ihn kaum jemals sah. Mütterlicherseits hatte Jon wohl noch einige Verwandte gehabt, aber er hatte nur eine einzige gesehen, ein Mädchen namens Marijohn, die ein Jahr jünger als Jon war.

Er war jetzt weit weg in einer anderen Welt. Eine strahlende Sonne und ein tiefblauer Himmel spiegelten sich im Wasser.

Marijohn!

Niemand hatte je ihren Namen abgekürzt.

Marijohn Towers. Sie hatte blendend ausgesehen. Ein paarmal war er sogar mit ihr ausgegangen, hatte aber nichts erreicht. Es hatte zu viele andere Männer mit demselben Ehrgeiz gegeben, und sie schien viel ältere Männer zu bevorzugen. Verstanden hatte er sie außerdem auch niemals. Ein wenig Geheimnis um eine Frau war sicher reizvoll, aber undurchdringlich durfte es nicht werden.

Schließlich hatte Marijohn dann einen Rechtsanwalt geheiratet. Niemand hatte gewußt, weshalb sie gerade ihn gewählt hatte, denn er war ein ziemlich durchschnittlicher Knabe gewesen, ein wenig langweilig und schrecklich konventionell. Michael hatte er geheißen, Michael Sowieso. Sie waren inzwischen geschieden. Alexander wußte nicht, wie es den beiden ging.

Jon und Sophia hatten noch vor Marijohn und Michael geheiratet.

Die Zigarette schmeckte ihm nicht, und plötzlich wollte er auch nicht mehr an die Vergangenheit denken.

Sophia war in einem Café in Soho Kellnerin gewesen. Jon war damals neunzehn, als er sie kennenlernte und kurze Zeit später heiratete. Seine Mutter hatte die Nase gerümpft, und sein Vater hatte sofort eine Expedition abgebrochen und war nach England zurückgeflogen. Es hatte schrecklichen Streit gegeben, und das Ende davon war, daß der Vater Jon aus seinem Testament gestrichen hatte und zu seiner Expedition zurückgekehrt war.

Jon hatte das nichts ausgemacht. Er hatte sich von seiner Mutter ein paar tausend Pfund geliehen und damit in Penzance, Cornwall, einen Grundstückshandel angefangen. Das Geld hatte er bald zurückgezahlt. Er kaufte Landhäuser in günstig gelegenen Teilen von Cornwall, renovierte sie und verkaufte sie mit gutem Nutzen. Damals war Cornwall gerade aktuell, und für einen jungen, tüchtigen Mann mit Geld lag das Geschäft auf der Straße. Jon war aber an großen Verdiensten gar nicht interessiert gewesen. Er hatte keinen anderen Wunsch gehabt, als mit seiner Frau und seinem Flügel in einem schönen Haus zu wohnen. Natürlich hatte sich dieser Wunsch erfüllt. Jon hatte immer bekommen, was er sich wünschte.

Ja. Wenn er eine Frau haben wollte, brauchte er nur den Finger krumm zu machen, und sie kam. Wollte er Geld, dann floß es wie von selbst auf sein Bankkonto. Wollte er einen Freund, dann war der richtige Mann zur Stelle.

Als Jon einige Zeit weg war, kam es Max Alexander so vor, als wäre ein Bann von ihm genommen, und er hatte darüber nachgedacht, ob Jon wirklich einmal sein Freund gewesen war.

Jon und Sophia hatten nur ein Kind gehabt. Der Junge war

ziemlich fett gewesen und hatte keinem Elternteil ähnlich gesehen.

Und dann fielen Alexander die Wochenendpartys in Clougy ein.

Den ganzen Sommer hindurch fuhren Jons Freunde am Freitag nach Clougy. Es war eine ziemlich weite Fahrt, und mancher übernachtete unterwegs. Aber man fuhr gern nach Clougy, denn Jon und Sophia waren gute Gastgeber, und ihr Haus war ein friedliches Fleckchen für ein langes Wochenende.

Für Sophia, die immer in Großstädten gelebt hatte, mochte es dort vielleicht ein wenig zu still gewesen sein. Es gab keinen Zweifel daran, daß jenes schöne, abgelegene Haus an der See sie bald gelangweilt hatte, obwohl es Jon über alles liebte.

Sophia war üppig und träge gewesen, hatte langsame Bewegungen gehabt und unter einer nur mühsam verborgenen Langeweile gelitten.

Arme Sophia! Es wäre vielleicht besser gewesen, sie wäre in ihrem Café geblieben und hätte nicht das hektische Leben von Soho zugunsten jenes stillen Hauses am Meer aufgegeben.

Die Felsen in der Bucht, von denen sie gestürzt war, waren gefährlich gewesen, obwohl man Stufen in den Fels gehauen hatte, denn sie waren sehr glatt, wenn es geregnet hatte, und wenn die Klippe auch nicht sehr steil war, so war sie doch zerklüftet. Erst am Strand lief sie in sanften Terrassen aus.

Ja, dort an den Klippen war es unbeschreiblich schön gewesen. Jon war oft mit dem Jungen dort spazierengegangen.

Er erinnerte sich ganz klar. Er war mit Eve zu einer der fröhlichen Partys gekommen, die Sophia so sehr geliebt hatte. Außer ihnen, Jon, Sophia und dem Kind waren noch Michael und Marijohn dagewesen. Ein weiteres Paar hatte in letzter Minute abgesagt.

Das Haus war ein altes Farmhaus gewesen, das Jon umgebaut hatte. Es hatte gelbe Mauern und weiße Fensterläden gehabt. Ein wunderschönes Fleckchen Erde und so nahe am Meer!

Nach dem Unglück hatte er sich überlegt, ob Jon wohl das Haus verkaufen würde. Doch das tat Jon nicht; nur sein Geschäft in Penzance verkaufte er.

Das Haus schenkte er Marijohn.

5

Kaum war Michael Rivers an jenem Abend zu Hause, als er auch schon den Wagen aus der Garage holte und sich auf die Reise nach Surrey machte. In Guildford nahm er in einem Gasthaus einen kleinen Imbiß und fuhr dann sofort weiter.

Es war kurz nach sieben, als er in Anselm's Cross ankam. Die Julisonne stand noch flammend über den grünen Fichtenwäldern auf den Hügeln ringsum.

Man empfing ihn überrascht, fast ablehnend. Der Dienstag war sonst kein Besuchstag; darin war die Mutter Oberin sehr eigen. Handelte es sich allerdings um eine dringende Sache, so konnte man schon eine Ausnahme machen.

»Sie werden natürlich erwartet?« fragte man ihn.

»Nein«, antwortete Rivers, »aber ich glaube, sie wird mich sehen wollen.«

»Einen Augenblick, bitte«, sagte die Frau und verließ in einem Wirbel von schwarzen Röcken und Schleiern den Raum.

Nach einer Viertelstunde kehrte die Frau zurück.

»Bitte, folgen Sie mir«, forderte sie den Mann auf.

Das Schweigen erstickte ihn fast. Er stellte sich vor, wie es wohl sein mochte, wenn man endlose Stunden mit seinen eigenen Gedanken in diesem von der Welt abgeschlossenen Haus allein war. Schweiß des Entsetzens stand auf seiner Stirn. Er zwang seine Gedanken in eine andere Richtung, dachte an das Leben, an die mit Büroarbeit vollgestopften Tage, an die Abende im Klub, an die Wochenenden beim Golfspiel und in der freien Natur. Da hatte er keine Zeit zum Sinnieren, und das war gut so. Früher einmal hatte er gelegentlich ein wenig Einsamkeit geschätzt, aber jetzt wollte und konnte er sich nur noch mit anderer Leute Angelegenheiten beschäftigen, und Einsamkeit gab es für ihn nicht mehr.

Die Nonne öffnete die Tür. Sie schloß sich hinter ihm, als er die Schwelle überschritten hatte, und die Schritte entfernten sich.

»Michael!« rief Marijohn und lächelte ihn an. »Welch eine reizende Überraschung.«

Sie stand auf und kam ihm entgegen. Ein Streifen Sonne fiel durchs Fenster und auf ihr schönes Haar.

Die Kehle war ihm plötzlich wie zugeschnürt. Hilflos stand er vor ihr, unfähig zu reden, unfähig, sich zu bewegen, fast unfähig, sie anzusehen.

»Lieber Michael«, sagte sie freundlich, »komm und setz dich! Was hat dich hierhergeführt? Schlechte Nachrichten? Sonst wärst du doch kaum nach einem langen Arbeitstag so weit gefahren.«

Sie hatte seine Bedrückung gespürt.

Es gelang ihm, ihr gegenüber am Tisch Platz zu nehmen. Dann suchte er nervös nach seinen Zigaretten.

»Macht es dir etwas aus, wenn ich rauche?« murmelte er.

»Absolut nicht. Hast du auch eine für mich?«

Erstaunt sah er sie an. Sie lächelte.

»Ich bin doch keine Nonne«, erinnerte sie ihn. »Ich habe mich nur hierher zurückgezogen.«

»Natürlich«, erwiderte er ungeschickt. »Das vergesse ich immer wieder.«

Er bemerkte, daß sie immer noch den Ehering trug. Ihre Finger waren lang und schlank, genauso wie früher.

»Dein Haar ist grauer, Michael«, bemerkte sie. »Du arbeitest anscheinend noch immer zuviel.« Sie inhalierte den Rauch der Zigarette. »Wie eigenartig das schmeckt! Komisch! Wie ein seltenes Gift, das einen langsam umbringt. Wann warst du das letztemal da, Michael? Vor sechs Monaten, ja?«

»Sieben. Es war zu Weihnachten.«

»Ja, natürlich. Hast du noch die alte Wohnung? Westminster, nicht wahr? Komisch, in Westminster kann ich mir dich nicht vorstellen. Du solltest wieder heiraten, Michael, und in eine hübsche Vorstadt ziehen. Wie geht es denn deinen Freunden? Hast du Camilla gesehen? Ich erinnere mich, du solltest sie doch auf einer Weihnachtsfeier treffen?«

Endlich gewann er seine Sicherheit zurück.

Er war ihr dankbar, daß sie so ununterbrochen redete, bis er sich wieder gefangen hatte. Es war fast so, als hätte sie gewußt –

Nein, das war unmöglich!

»Nein, ich habe Camilla nicht mehr gesehen«, erwiderte er.

»Oder Justin?«

Sie wußte es sicher. Seine Kopfhaut prickelte.

»Nein, auch Justin hast du nicht gesehen«, antwortete sie für ihn.

Sie sprach nun langsamer und hielt den Blick auf irgendeinen fernen Gegenstand gerichtet.

»Ich glaube, ich verstehe. Du bist gekommen, um mit mir über Jon zu sprechen.«

Die Stille war wie eine riesige Flutwelle, die sie von allen Seiten her einschloß. Er versuchte sich einzureden, sie sei nur eine Klientin, mit der er Geschäfte zu besprechen hatte, aber ihm fehlten die richtigen Worte.

»Er ist zurückgekommen«, sagte er.

Sie sah ihn zum erstenmal voll an.

»Ja?«

Wieder dieses düstere Schweigen. Sie sah auf ihre Hände, und ihre langen Wimpern warfen richtige Schatten auf die Wangen. Diese Wimpern bewirkten jenen verschleierten Blick, den er einst so sehr gefürchtet hatte.

»Wo ist er denn?«

»In London.«

»Bei Camilla?«

»Nein. Im *Mayfair*.«

Es war wie bei einer Besprechung mit Klienten. Plötzlich fiel ihm das Reden leichter.

»Es stand in der Abendzeitung. Man nennt ihn darin einen

kanadischen Grundstücksmillionär, was mir ja ziemlich unglaubhaft vorkommt, aber er war zweifellos der Mann auf dem Foto. Auch Camilla war erwähnt. Der Name des Hotels war nicht angegeben, aber ich habe die größten Häuser angerufen. Ich nahm nicht an, daß er bei Camilla wohnen würde, denn als ich sie zuletzt sah, sagte sie, sie würde nicht einmal seine kanadische Adresse kennen und hätte keinerlei Verbindung mit ihm.«

»Ah, ich verstehe. Stand sonst noch etwas in der Zeitung?«

»Ja. Es hieß, er sei mit einer Engländerin verlobt und wolle demnächst heiraten.«

Sie sah zum Fenster hinaus und in den klaren, blauen Himmel. Dann lächelte sie.

»Ich freue mich«, sagte sie, und ihr Lächeln galt auch ihm. »Das ist eine wundervolle Nachricht. Ich hoffe, er wird sehr glücklich.«

Er mußte wegsehen.

Und plötzlich hatte er es eilig, dieser bedrückenden Stille zu entrinnen, um in den grellen Lärm Londons zurückzukehren.

»Willst du, daß ich...?«

Sie unterbrach ihn.

»Nein. Es ist nicht nötig, daß du ihn meinetwegen triffst. Es war nett von dir, den weiten Weg hierherzufahren. Du kannst jetzt nichts mehr tun.«

»Falls du irgendwie Hilfe brauchen solltest...«

»Ich weiß, Michael. Und ich bin dir sehr dankbar.«

Wenig später brach er auf. Ihre ausgestreckte Hand übersah er, denn der Abschied erschien ihm so viel zu formell. Eine Minute später steckte er den Zündschlüssel ein und knipste das Autoradio an. Er ließ es aufbrüllen, ehe er sich auf die Rückfahrt nach London machte.

6

Nachdem er gegangen war, blieb Marijohn noch lange an dem Holztisch sitzen und sah zu, wie die Nacht hereinbrach. Dann kniete sie nieder und betete.

Um elf Uhr ging sie zu Bett, aber eine Stunde später war sie noch immer wach.

Der Mond schien durch das Fenster und warf lange, schlanke Schatten an die nackten Wände.

Sie setzte sich auf und lauschte. Ihr Geist öffnete sich. Dann ging sie zum Fenster und machte es auf, als könnte die frische Nachtluft ihr helfen zu verstehen.

Im geschlossenen Hof draußen war es sehr still, noch ruhiger als in ihrem eigenen Zimmer, aber der Friede wirkte jetzt nicht besänftigend auf sie. Ihr Kopf schien sich auszudehnen, der Atem blieb ihr in der Kehle stecken. Sie war versucht zu schreien.

Keuchend lief sie zur Tür und riß sie auf. Der Schweiß brach ihr aus sämtlichen Poren. Doch jenseits der Tür war nur der verlassene Korridor, der sie fast erstickte mit seinem Frieden.

Sie begann zu rennen. Ihre Füße machten kaum ein Geräusch auf dem Steinboden. Und plötzlich rannte sie die Klippen entlang an der blauen, glitzernden See, und sie rannte zu jenem Haus mit den weißen Fensterläden, und Luft war um sie, frische Luft.

Sie war frei.

Die Szene verschwamm vor ihrem Geist. Sie stand im Garten des alten Hauses in Surrey, und eine Rose wuchs neben ihr. Sie pflückte sie und riß die Blütenblätter ab. Und plötzlich war ihr Geist wieder weit offen, und sie hatte Angst. Niemand, dachte sie, der diese Begabung nicht hat, kennt diese Schrecken. Und niemand kann sich vorstellen, welch ein Schmerz das ist, diese dunklen Kämpfe nicht zu verstehen, zu wissen, daß der eigene Geist einem nicht allein gehört.

Sie kniete nieder und versuchte zu beten. Doch ihr Gebet verlor sich im Sturm, und sie konnte nichts tun, als ihrem Geist zu lauschen.

Dann kam die Dämmerung. Sie ging zur Mutter Oberin und sagte ihr, sie wolle noch am gleichen Tag das Haus verlassen, und sie wüßte nicht, ob sie je zurückkehren würde.

7

Den Leuten am Empfang gelang es nicht, den anonymen Anrufer zu finden.

»Sie müssen«, erklärte Jon. »Es ist sehr wichtig.«

Es sei unmöglich, sagte der höfliche Mann. Ein Ortsgespräch aus einer Telefonzelle ließe sich zwar als Tatsache feststellen, aber darüber hinaus sei jede weitere Information unmöglich.

»War es ein Mann oder eine Frau?«

»Ich fürchte, das kann ich nicht sagen. Sehen Sie, Sir...«

»Was sagte er denn? War es eine hohe oder eine tiefe Stimme? Hatte er einen Akzent? Sie müssen das doch wissen. Es war schließlich erst vor ein paar Minuten.«

»Nein, Sir. Ich weiß es nicht. Es ist sehr schwierig zu sagen, Sir, denn es war kaum mehr als ein Flüsterton. Er fragte nach Ihnen, Sir. ›Mr. Towers, bitte‹, sagte er. Ich antwortete: ›Einen Augenblick, bitte.‹ Und dann verband ich ihn mit Ihnen, Sir.«

Jon hob die Schultern, drehte sich um und ging zur Bar.

Der Mann am Empfang wischte sich die Stirn trocken, murmelte seinem Kollegen etwas zu und ließ sich auf den nächsten Stuhl fallen.

Jon bestellte einen doppelten Scotch on the rocks und zog sich mit seinem Drink in eine ruhige Ecke zurück. Nach kurzer Zeit fiel ihm etwas ein. Er trank sein Glas leer, drückte seine Zigarette aus und kehrte in sein Zimmer zurück, um ein Telefongespräch zu führen.

Aber es meldete sich eine fremde Stimme.
Hatte sie wieder geheiratet, oder war sie ausgezogen?
Er überlegte einen Augenblick.

Lawrence, der Familienanwalt, würde sicher wissen, wo sie zu finden war, denn ein Lawrence zieht nicht mehr um. Er mußte jetzt so gegen fünfundsiebzig sein. Und sicher war er mit seinem georgianischen Haus in Richmond und seiner stets mürrischen Haushälterin, die gestärkte Kragen und Manschetten trug, noch mehr verwachsen als vor zehn Jahren.

Wenige Minuten später meldete sich eine tiefe, angenehme Stimme, die jede einzelne Silbe mit nachdrücklicher Bedachtsamkeit aussprach.

»Lawrence, ich möchte mich mit meiner Mutter in Verbindung setzen«, sagte Jon. »Sie können mir doch sicher ihre Adresse geben? In der Halkin Street scheint sie nicht mehr zu wohnen. Und vielleicht können Sie mir in kurzen Zügen erzählen, was alles geschehen ist, während ich in Übersee war.«

Lawrence sprach eine Weile, und Jon faßte, weil ihm die Ausdrucksweise des alten Herrn zu umständlich war, dessen Mitteilungen kurz zusammen in der Frage: »Ihr zweiter Mann starb also, und sie zog vor fünf Jahren um nach Consett Mews Nummer fünf, sagten Sie?«

»Ja, genau. Und tatsächlich...«

»Ah, ich verstehe. Noch etwas, Lawrence. Ich muß unbedingt mit meiner Kusine Marijohn Verbindung aufnehmen. Eigentlich wollte ich meine Mutter anrufen und nach Marijohns Adresse fragen, aber wenn ich jetzt schon mit Ihnen spreche, können Sie mir vielleicht auch sagen, wo sie ist?«

Der alte Mann überlegte.

»Das heißt also, daß Sie es auch nicht wissen«, stellte Jon nach zehn Sekunden fest.

»Wenn ich ehrlich sein soll – nein, ich weiß es nicht. Natürlich könnte Rivers es Ihnen sagen. Netter Kerl, der junge Rivers. Schade, daß die Ehe nicht hielt. Sie wissen doch von der Scheidung, ja?« Einige Sekunden lang herrschte gespanntes

Schweigen. »Die Scheidung war – Moment – vor sechs Jahren. Nein, vor fünf. Wissen Sie, mein Gedächtnis ist auch nicht mehr das, was es war. Rivers hat die Sache schrecklich mitgenommen. Ich traf ihn zufällig einmal im Juristenklub, als der Prozeß gerade lief. Die Scheidung war einfach. Sie hat ihn ja verlassen und es nicht bestritten. Der Richter war hochanständig. In zehn Minuten war alles vorüber. Sie brauchte nicht einmal zum Termin zu kommen. Sind Sie noch da, Jon?«

»Ja«, antwortete Jon. »Ja, ich bin noch da.«

Marijohn, Marijohn, Marijohn, ging es ihm durch den Kopf, und plötzlich war der ganze Raum voll Trauer.

Lawrence erzählte noch einiges mit der Gründlichkeit und Weitschweifigkeit des hohen Alters und lud Jon schließlich zum Wochenende in sein Haus zu einem Dinner ein.

»Ich fürchte, Lawrence, im Moment geht es nicht«, lehnte Jon höflich ab. »Wenn ich darf, rufe ich Sie wieder an. Vielleicht können wir dann etwas vereinbaren.«

Er ließ sich auf das Bett und in die Kissen zurückfallen. Das weiße Leinenzeug schmiegte sich kühl an seine Wange. Frische Bettwäsche hatte er immer über alles geliebt. Und nun fielen ihm auch das Doppelbett im Schlafzimmer von Clougy ein, die weißen, einladenden Laken, Sophias dunkles Haar, das über die Kissen fiel, ihr nackter, voller, warmer Körper.

Er stand auf, ging ins Badezimmer, kehrte ins Schlafzimmer zurück und lief dann rastlos zwischen Fenster und Türen auf und ab.

Du mußt Marijohn finden, sagte er zu sich selbst. Zu Michael Rivers kannst du nicht gehen, also mußt du deine Mutter fragen. Ruf sie in den Consett Mews an. Vielleicht siehst du dann auch gleich Justin. Auch mit Justin mußt du unbedingt reden. Justin!

Aber dieser Anruf! Wer kann das nur gewesen sein?

In erster Linie muß ich Marijohn finden.

Er ging aus und fuhr mit dem Taxi zu den Consett Mews. Es war eine sehr kurze Fahrt.

Es war dunkel in den Mews. Das einzige Licht kam von einer altmodischen Laterne in einer Ecke. Über der Tür Nummer 5 brannte kein Licht.

Langsam ging er über das holprige Kopfsteinpflaster und drückte kräftig auf die Klingel.

Vielleicht kommt Justin an die Tür, dachte er. Wie er wohl jetzt aussehen mochte? Damals war er klein, dick und kurzbeinig, und seine kleine Hand lag vertrauensvoll in der großen seines Vaters, wenn sie in Clougy über den Klippenpfad gingen.

Die Tür ging auf. Das Gesicht der Frau in Hausgehilfinnenuniform kannte er nicht.

»Guten Abend«, sagte Jon. »Ist Mrs. Rivington zu Hause?«

Die Hausgehilfin zögerte.

»Wer ist es denn?« rief eine Stimme von drinnen, und im selben Moment, als Jon die Schwelle überschritt, kam Camilla in die Halle heraus.

Schmerzliche Liebe beengte ihm die Brust und schnürte ihm die Kehle zu, aber die Vergangenheit schob sich wie ein Nebelschleier zwischen ihn und sie.

Er hatte ihr nie etwas bedeutet. Immer war sie zu sehr damit beschäftigt gewesen, neue Liebhaber und neue Ehemänner zu finden, darauf bedacht, keine dieser ermüdenden Cocktailpartys auszulassen und jede gesellschaftliche Gelegenheit wahrzunehmen. Es gab ja Kindermädchen, die ihr die Arbeit abnehmen konnten, und wenn einem ein Kind im Weg war, dann schickte man es eben ein Jahr zu früh ins Internat.

Er hatte ihre Haltung akzeptiert und sich ihr so gut wie möglich angepaßt. Nach zehn Jahren der Trennung gab es keinen Schmerz mehr darüber.

»Hallo!« sagte er und hoffte, sie werde nicht weinen und auch keine melodramatische Szene aufführen, um eine Liebe zu demonstrieren, die es ja doch nicht gab. »Ich dachte, es sei am besten, dich gleich zu besuchen. Du wirst ja in der Zeitung gelesen haben, daß ich hier bin.«

»Jon!«

Sie legte ihre Arme um ihn, und als er ihre Wange küßte, bemerkte er, daß sie weinte.

Diese rührende Familienszene ließ sich also doch nicht vermeiden. Er war sieben, als sie ihn ins Internat schickte, aber sie hatte geweint, als er gehen mußte. Das hatte er ihr nie verziehen, weil sie die Trauer nicht gefühlt hatte, die sie zu fühlen vorgab. Und jetzt schien alles wieder von vorn anzufangen.

Er trat einen Schritt zurück und lächelte sie an.

»Ich glaube, du hast dich überhaupt nicht verändert. Wo ist Justin? Ist er hier?«

Ihre Miene änderte sich fast unmerklich. Sie ging ihm voran in das Wohnzimmer.

»Nein, er ist nicht hier. Er ging nach dem Abendessen aus und sagte, gegen elf Uhr sei er wieder zurück. Warum hast du nicht angerufen, um zu sagen, daß du uns besuchen willst? Daß du schreibst, habe ich sowieso nicht erwartet, aber anrufen hättest du doch können.«

»Ich wußte noch nicht, ob ich heute Zeit haben würde zu kommen.«

Sie waren nun im Wohnzimmer, und er erkannte die alten Bilder, den Eichenschrank, das blaßfarbene Weidenmusterporzellan.

»Wie lange wirst du bleiben?« fragte sie. »Bist du geschäftlich hier?«

»Ja, auch«, erwiderte Jon. »Aber ich werde vor allem hier heiraten. Meine Verlobte kommt in zehn Tagen von Toronto herüber, und dann werden wir so bald wie möglich eine ganz ruhige Hochzeit arrangieren.«

»Oh«, sagte sie, und er hörte die Schärfe in ihrer Stimme. »Bin ich zur Hochzeit eingeladen? Oder soll sie so ruhig sein, daß nicht einmal die Mutter des Bräutigams erwartet wird?«

»Du kannst natürlich kommen, wenn du willst.«

Er nahm eine Zigarette aus dem Behälter auf dem Tisch und zündete sie mit dem eigenen Feuerzeug an. »Aber wir wollen wirklich nur eine ganz ruhige Hochzeit. Sarahs Eltern wollten in Kanada eine gesellschaftliche Affäre daraus machen, aber das kann ich nicht ertragen, und auch Sarah wollte es nicht. Deshalb beschlossen wir, in London zu heiraten. Ihre Eltern werden von Kanada herüberfliegen, und ein paar ihrer Freundinnen kommen, sonst aber niemand.«

»Ach, ich verstehe«, sagte seine Mutter. »Wie interessant! Und hast du ihr von deiner Ehe mit Sophia erzählt?«

Er warf ihr einen scharfen Blick zu. Es befriedigte ihn, sie tief erröten zu lassen. Unvermittelt fragte er: »Hast du heute abend im *Mayfair* angerufen?«

»Ich?«

Er sah, wie verwirrt sie war.

»Nein. Ich wußte ja gar nicht, daß du im *Mayfair* wohnst. Warum fragst du?«

»Ah, nichts.«

Er inhalierte den Rauch seiner Zigarette und musterte eine neue Porzellanfigur auf der Kredenz.

»Wie geht es Michael und Marijohn?« fragte er dann beiläufig.

»Sie sind geschieden.«

»Wirklich?« Es klang überrascht. »Und warum?«

»Sie wollte nicht mehr mit ihm zusammenleben. Zweifellos gab es auch einige Affären. Er ließ sich scheiden, weil sie ihn verlassen hatte.«

Statt sich dazu zu äußern, zuckte er nur mit den Schultern. Er wußte genau, daß ihr eine Bosheit auf der Zunge lag.

»Und wo ist Marijohn jetzt?« erkundigte er sich, ehe sie etwas sagen konnte.

»Warum?« fragte sie nach einer Pause.

Er sah sie fest an. »Warum? Ich will sie sehen.«

»Ah, so. Deshalb bist du wohl auch nach England gekommen und hast dich heute hier sehen lassen. Sonst hättest du dir diese Mühe wohl nicht gemacht.«

Oh, schon wieder eine hysterische Szene! dachte Jon bedrückt.

»Nun, dann hast du allerdings deine Zeit verschwendet. Ich

habe keine Ahnung, wo sie steckt, und mir ist es auch verdammt egal. Michael ist der einzige Mensch, der mit ihr noch in Verbindung steht.«

»Wo wohnt er denn jetzt?«

»In Westminster«, erwiderte Camilla mit harter Stimme. »Grays Court, Nummer 16. Aber du gehst doch nicht wirklich zu Michael?«

Jon klopfte die Zigarettenasche ab und stand auf.

»Du willst doch nicht gehen? Du lieber Himmel, du bist doch eben erst gekommen!«

»Ich besuche dich ein andermal. Im Augenblick ist meine Zeit sehr knapp.«

Er war bereits in der Halle, ehe sie ihm folgen konnte, doch aus einem unbestimmten Gefühl heraus blieb er mit einer Hand auf der Haustürklinke stehen, drehte sich nochmals zu ihr um und lächelte sie an.

»Jon!« sagte sie, »Jon, mein Liebling...«

Alle Schärfe war aus ihrer Stimme geschwunden.

»Sag Justin, er soll mich anrufen, sobald er nach Hause kommt, ja?« Er drückte sie einen Augenblick an sich und küßte sie. »Nicht vergessen! Ich muß heute noch mit ihm sprechen.«

Sie trat einen Schritt zurück. Er öffnete die Tür.

»Du willst ihn aber doch heute nicht mehr sehen, oder?« fragte sie sarkastisch. »Ich denke, so groß ist dein Interesse an ihm sicher nicht.«

Er drehte sich abrupt um und trat auf die Straße hinaus. »Natürlich will ich ihn sehen«, sagte er über die Schulter. »Kannst du dir das nicht vorstellen? Justin war der Hauptgrund für meine Rückkehr.«

8

Michael Rivers war nicht zu Hause. Irgendwie war Jon darüber erleichtert. Er hatte kein Bedürfnis nach einem Wiedersehen mit Michael Rivers gehabt.

Langsam ging er die Treppe hinunter. Da schwang die Haustür auf, und ein Mann kam herein und drückte die Tür hinter sich ins Schloß.

Es war dunkel im Treppenhaus. Jon stand bewegungslos im Schatten und hielt den Atem an. Er wußte, daß dieser Mann Michael Rivers war.

»Wer ist da?« fragte der andere scharf.

»Jon Towers.«

Auf der Fahrt nach Westminster war er zu dem Entschluß gekommen, keine Zeit mit höflicher Konversation zu verschwenden, denn die zehn Jahre hatten nichts an seinem Verhältnis zu dem anderen Mann geändert.

»Entschuldige, daß ich dich so überfalle«, sagte er und trat aus dem Schatten in das Zwielicht der Abenddämmerung. »Ich muß sofort wissen, wo Marijohn sich aufhält, und niemand außer dir scheint ihren Aufenthaltsort zu kennen.«

Er stand nun näher bei Rivers, sah ihn aber noch immer nicht genau. Im Zwielicht konnte Jon vor allem nicht den Augenausdruck des anderen erkennen. Er fühlte sich deutlich unbehaglich. Einem schmerzenden Schlag ähnlich traf ihn die Erinnerung und dann eine ihm selbst unerklärliche Woge des Mitleids.

»Es tut mir leid, daß es schiefgegangen ist«, sagte er. »Es muß schlimm gewesen sein.«

Langsam drehte sich Rivers zum Tisch um und sah die Post durch, die für die Mieter des Hauses dort bereitgelegt wurde.

»Ich fürchte, ich kann dir nicht sagen, wo sie ist«, sagte er betont deutlich.

»Du mußt es doch wissen – und mußt es mir sagen«, drängte Jon. »Ich muß sie sehen.«

Der Rücken des Mannes bewegte sich nicht.

»Bitte!«

Jon liebte es nicht, jemanden um etwas zu bitten.

»Es ist sehr wichtig. Bitte, sag es mir!«

Der Mann hob einen Umschlag auf und öffnete ihn.

»Ist sie in London?«

Rivers warf einen Blick auf die Rechnung und schob sie in den Umschlag zurück.

»Schau, Michael...«

»Geh zum Teufel!«

»Wo ist sie?«

»Schau, daß du verschwin...«

»Du mußt es mir sagen. Sei doch nicht so entsetzlich stur! Es handelt sich um eine dringende Sache. Du *mußt* es mir sagen.«

Der Mann wandte sich der Treppe zu. Jon folgte ihm. Der andere drehte sich um, und da sah Jon zum erstenmal seine Augen.

»Du hast in meinem Leben zu viel Unruhe gestiftet, Jon Towers, und auch Marijohn hast du, weiß Gott, zu viel angetan. Wenn du glaubst, ich sei ein solcher Narr, dir ihre Adresse zu sagen, dann bist du verrückt. Du wärst zufällig der letzte Mensch auf der ganzen Erde, dem ich sagen würde, wo sie ist. Zum Glück für Marijohn weiß es außer mir niemand. Und jetzt verschwinde von hier, ehe ich mich vergesse und die Polizei rufe.«

Die Worte waren kaum mehr als ein Flüstern gewesen. Jon trat einen Schritt zurück.

»Dann warst es also du, der mich heute im Hotel angerufen hat?«

Rivers starrte ihn an. »Ich hätte dich angerufen?«

»Ja. Anonym natürlich. Dieser Willkommensgruß war nicht gerade herzlich.«

Rivers musterte ihn scharf und drehte sich dann angewidert um. »Ich weiß nicht, wovon du sprichst«, hörte Jon ihn sagen.

Rivers ging weiter die Treppe hinauf.

»Ich bin ein Anwalt und kein Irrer, der anonyme Telefonanrufe macht.«

Die Treppe knarrte noch einmal, und dann stand Jon allein mit seinen Gedanken in der dämmerigen Halle.

Er verließ das Haus. Mit eiligen Schritten lief er am Big Ben vorbei zum Embankment. Der Verkehr röhrte, die Lichter blendeten ihn, die Auspuffgase beengten seine Lungen. Und plötzlich wußte er, daß auch eine körperliche Anstrengung den Aufruhr in seinem Innern nicht zu besänftigen vermochte.

Erschöpft blieb er stehen, lehnte sich ans Geländer und sah hinunter in die Fluten der Themse.

Marijohn, Marijohn! dachte sein Gehirn ununterbrochen, besorgt und voll Trauer. Marijohn!

Wenn er nur wüßte, wer dieser Anrufer war!

Seine Mutter konnte es nicht gewesen sein. Jener Anrufer mußte dieses schreckliche Wochenende in Clougy miterlebt haben. Und seine Mutter konnte auf keinen Fall – nein – nicht in Worte fassen. Worte sind so unwiderruflich, so schrecklich in ihrer Endgültigkeit.

Aber Michael Rivers konnte es auch nicht gewesen sein. Und natürlich auch nicht Marijohn.

Blieben also nur noch Max und das Mädchen, das Max damals mitgebracht hatte, diese große, überhebliche Blondine, die er Eve genannt hatte.

Armer Max! Er war der Überzeugung, er wüßte alles über Frauen, und blieb doch immer nur ein zweitklassiger Don Juan, der sich selbst an der Nase herumführte. Klar, einen Autorennfahrer fanden die Frauen interessant, um so mehr, als er genug Geld hatte, diese Rennen als Liebhaberei zu betreiben.

Jon ging zur U-Bahn-Station Charing Cross hinunter und betrat die nächste Telefonzelle.

Sicher war es Eve gewesen. Anonyme Anrufe sehen Frauen ziemlich ähnlich. Aber was wußte sie eigentlich? Vielleicht war es nur ihre Art schwarzen Humors, und sie wußte absolut gar nichts. Oder aber es war der erste Schritt zu einer Erpressung. In diesem Fall –

Er fand die Nummer und wählte sie.

Gegen Mitternacht wollte er Sarah anrufen. Es war dann sechs Uhr in Toronto, und Sarah saß wahrscheinlich am Klavier.

Endlich wurde der Hörer abgenommen, und Sarahs Bild verschwand.

»Max?«

Die Stimme bestätigte es.

»Hier ist Jon, Max. Vielen Dank, daß du mich angerufen hast. Wie wußtest du, wo ich zu finden war?«

Das Schweigen war lang und bedrückend.

»Tut mir leid«, sagte Max Alexander endlich, »aber ich habe keine Ahnung, wer...«

»Towers.«

»Jon Towers! Du lieber Gott, welch eine Sensation! Aber was soll das mit diesem Telefonanruf sein?«

»Hast du mich denn nicht im Hotel angerufen und mich ziemlich – herzlich willkommen geheißen?«

»Mein lieber Freund, ich wußte gar nicht, daß du in London bist, ehe mich jemand anrief und mir sagte, es stünde in den Abendzeitungen.«

»Wer hat dich denn angerufen?«

»Das Mädchen, das ich an jenem Wochenende mit nach Clougy gebracht hatte, als...«

»Eve?«

»Ja, natürlich! Eve Robertson. Ich hatte ihren Namen glatt vergessen. Ja, es war Eve.«

»Wo wohnt sie jetzt?«

»Ich glaube, sie hat etwas von Davies Street gesagt. Sie arbeitet am Piccadilly für einen Diamantenhändler. Wieso willst du das wissen? Seit diesem Wochenende in Clougy hatte ich jede Verbindung mit ihr verloren.«

»Warum hat sie dich dann angerufen?«

»Gott weiß, warum. Jon! Was soll das alles eigentlich?«

»Ah, nichts, Max. Spielt keine Rolle. Können wir uns in den nächsten Tagen einmal treffen? Lange her, seit wir uns zuletzt gesehen haben. Kannst du morgen abend um neun im *Hawaii* sein? Dann kannst du mir alles erzählen. Bist du verheiratet, oder verteidigst du noch immer erfolgreich deine Unabhängigkeit?«

»Nein«, antwortete Max. »Ich habe niemals geheiratet.«

»Gut, dann also wir beide zum Dinner morgen im *Hawaii*. Keine Frauen. Meine Tage als Witwer sind gezählt. Bald werde ich mich wohl wieder nach richtigen Männergesprächen sehnen. Hast du in der Zeitung von meiner Verlobung gelesen? Ich habe im vergangenen Frühjahr in Toronto eine Engländerin kennengelernt und beschlossen, mich von bezahlten und unbezahlten Haushälterinnen zu trennen. Und Amerikanerinnen und Kanadierinnen habe ich bis obenhin satt. Du mußt Sarah unbedingt kennenlernen.«

»Ja«, antwortete Alexander, »es würde mich freuen. Hat sie Ähnlichkeit mit Sophia?«

»Ja«, sagte Jon fast wütend. »Ja, körperlich gesehen. Falls du morgen nicht kommen könntest, dann ruf mich, bitte, im Hotel an.«

Er legte den Hörer auf und lehnte sich an die Tür. Er fühlte sich erschöpft, nicht geistig, sondern gefühlsmäßig.

Wie sollte er Marijohn finden?

Eve schien diesen anonymen Anruf gemacht zu haben. Wenigstens kannte er ihren Namen und wußte, wo sie wohnte. Er nahm den Hörer ab und wählte die Auskunft.

9

Eve war wütend. Sie war es nicht gewöhnt, daß man sie versetzte, und auch der Anruf bei Max, von dem sie sich einiges versprochen hatte, war ein Mißerfolg gewesen. Zum Teufel mit Max! Zum Teufel mit sämtlichen Männern, mit allen und allem!

Aus Langeweile und Zorn schüttete sie den dritten Drink in sich hinein. Da läutete das Telefon.

»Eve?« Die Männerstimme klang hart.

Sie setzte sich aufrechter.

»Ja?« Sie war sofort hellwach. »Wer spricht dort?«

»Eve, hier ist Jon Towers«, sagte die Stimme auf der anderen Seite.

Vor Überraschung warf sie ihr Glas um, und die Flüssigkeit wurde zu einem dunklen Flecken auf dem Teppich.

»Oh, hallo, Jon!« rief sie.

Ihre Stimme klang merkwürdig kühl.

»Ich las in der Zeitung, daß du wieder in London bist. Wie hast du erfahren, wo ich wohne?«

»Ich habe eben mit Max Alexander gesprochen.«

Sie wartete darauf, daß er wieder zu sprechen begann, und während sie wartete, fiel ihr wieder ein, wie ungemein anziehend der Mann gewesen war. Die Stimme frischte ihr Gedächtnis deutlich auf.

»Hast du jetzt zu tun, oder kann ich dich sehen?« fragte er.

»Das wäre nett«, sagte sie erfreut. »Vielen Dank, ja. Warum?«

»Könntest du mich in einer Viertelstunde im *Mayfair* besuchen?«

»Sicher. Das Hotel ist direkt um die Ecke.«

»Ich warte in der Halle«, sagte er. »Du brauchst nicht erst beim Empfang nach mir zu fragen.«

Und dann war nur noch das Summen der Leitung in ihrem Ohr.

10

Während er zum Piccadilly ging, dachte Jon über Sarah nach. Sollte er sie bitten, ihre Reise noch ein paar Tage zu verschieben, bis er die Sache mit Eve geklärt hatte? Von den Vorfällen in Clougy durfte Sarah nie etwas erfahren. Ihr naives Vertrauen zu den Menschen war etwas Wunderbares. Das, was damals geschehen war, würde sie nie verstehen und daran zugrunde gehen. Denn war ihrem Leben erst einmal der sichere Grundstein entzogen, dann konnte nichts mehr ihren Zusammenbruch verhindern.

Trotz des starken Verkehrs fühlte er sich einsam, denn Sorgen quälten ihn. In Kanada hätte er gearbeitet oder sich an den Flügel gesetzt, bis diese trübe Stimmung wieder verflogen war, aber hier hatte er nichts zur Ablenkung als die Zerstreuungen einer fremden Stadt. Er wollte sich weder betrinken, noch wollte er Zuflucht bei einer Frau suchen, denn anschließend hätte er sich geschämt, weil Sarah traurig gewesen wäre. Und alles war erträglicher als der Schmerz in ihren Augen. Nein, Sarah konnte er nicht weh tun.

Wenn er nur Marijohn finden könnte! Irgend jemand mußte doch wissen, wo sie war.

Die Gedanken kreisten in seinem Kopf, ungerufene bedrückende Gedanken, doch das Gefühl der Trauer und Unrast war zu vage, um seinen Ursprung erkennen zu lassen.

Als er das Hotel betrat und zum Empfang ging, um seinen Schlüssel zu holen, spürte er, daß er beobachtet wurde. Er drehte sich um, und im selben Augenblick sah er die große, hochmütige Blondine, die eben ihre Zigarette ausdrückte und ihm dann mit einem kühlen Lächeln entgegensah.

Er erkannte sie sofort. Gesichter vergaß er nie. Ihm fiel sogar ein, was Sophia damals in Clougy gesagt hatte.

»Ich bin neugierig, mit wem Max diesmal aufkreuzt«, hatte sie gesagt.

Eine Stunde später war Max dann in einem feuerroten Bentley mit dieser eleganten, verwöhnten Blondine vorgefahren.

Jon schob den Zimmerschlüssel in die Tasche und ging auf sie zu.

»Ja, ja«, meinte sie mit einem schiefen Lächeln, als er nahe genug war. »Es ist lange her.«

»Sehr lange.« Er spielte angelegentlich mit dem Zimmerschlüssel in seiner Tasche. »Nachdem ich mit Max gesprochen hatte, dachte ich mir, ich sollte mich mit Ihnen in Verbindung setzen.«

Sie hob kaum merkbar die Brauen, als verstünde sie ihn nicht ganz. »Nur deshalb, weil ich Max anrief und ihm sagte, daß du in der Stadt bist?« fragte sie.

Die Halle wimmelte von Menschen.

»Wenn wir uns unterhalten wollen, kommst du am besten mit nach oben«, schlug er vor. »Hier sind wir nicht ungestört.«

Ihre anfängliche Verwirrung wich einer Befriedigung, als wäre ihr diese angedeutete Entwicklung nur angenehm.

»Fein«, sagte sie eine Spur weniger kühl als vorher. »Dann geh du voran, bitte!«

Das Mädchen bewegte sich mit einer leichten Grazie. Ihre schmalen Lippen waren blaß geschminkt, und die langen, dichten Wimpern über ihren schönen Augen konnten nicht ganz echt sein. Ihr blondes Haar umrahmte weich ihr Gesicht und war dann einfach zu einem Knoten geschlungen.

Als sie im Lift nach oben fuhren, spürte sie seinen prüfenden Blick, aber sie wich ihm nicht aus.

Im Zimmer schlüpfte Eve aus dem Mantel. Jon bot ihr eine Zigarette an. Dabei beobachtete er sie genau und versuchte ihren Gesichtsausdruck zu enträtseln, doch das war sehr schwierig. Neugier, eine Spur Ironie und die Andeutung einer Spannung, die ihre Haltung nicht ganz natürlich erscheinen ließ. Rein gefühlsmäßig irritierte ihn etwas. Deshalb ließ er sich Zeit und machte, um unauffällig sondieren zu können, Konversation.

»Du scheinst dich seit jenem Wochenende in Clougy nicht verändert zu haben«, sagte er.

»Nein? Ich hoffe doch. Damals war ich sehr jung und sehr dumm.«

»Ich sehe nichts Dummes darin, daß du Max heiraten wolltest. Die meisten Frauen würden gern reiche Männer heiraten, und ein Rennfahrer wirkt immer besonders aufregend.«

»Jung und dumm war ich deshalb, weil ich nicht einsah, daß Max – wie viele andere Männer auch – nicht zum Heiraten gemacht ist.«

»Warum heiraten, wenn man das, was man will, auch mit einer Lüge beim Hotelempfang haben kann?« fragte Jon und setzte sich ihr gegenüber auf einen Stuhl. »Manche Frauen haben auf die Dauer gesehen wenig zu bieten.«

»Und die meisten Männer sind daher an einer Dauer nicht interessiert.«

Er lächelte, sprang auf und ging zum Fenster.

»Die Ehe beruht so lange auf Dauerhaftigkeit«, antwortete er, »bis die Partner sich zur Scheidung entschließen.«

Er setzte sich wieder und bemerkte, wie fasziniert sie ihn anstarrte. Er wunderte sich wieder einmal darüber, daß die Frauen ihn anscheinend so überwältigend attraktiv fanden.

»Ich würde gern deine Verlobte kennenlernen«, sagte sie unvermittelt. »Nur so, aus Interesse.«

»Du würdest sie nicht mögen.«

»Warum? Hat sie Ähnlichkeit mit Sophia?«

»Nein, absolut nicht.« Er strich mit den Fingern über die Armlehne seines Sessels. »Du mußt Sophia gehaßt haben, nicht wahr? Wäre ich nicht so sehr mit meinen eigenen Sorgen beschäftigt gewesen, hätte ich vielleicht die Zeit gefunden, dich zu bedauern. Max hat dir keinen Gefallen getan, als er dich mit nach Clougy brachte.«

Sie hob die Schultern. »Das ist doch längst vorüber.«

»Wirklich? Als du mich heute anriefst, hatte ich den Eindruck, du würdest gern wieder an die Vergangenheit anknüpfen.«

Sie starrte ihn verständnislos an.

»Hast du mich denn heute abend nicht angerufen?« Er drückte seine Zigarette aus, trat neben sie, nahm ihr die ihre aus der Hand und zerdrückte sie ebenfalls. »Und jetzt wirst du mir sagen, was, zum Teufel, du zu spielen vorhast.«

Sie lächelte – das heißt, es war eigentlich nur die Andeutung eines Lächelns – und schob eine Haarsträhne aus dem Gesicht, als überlegte sie, was sie sagen wollte, als fände sie nicht die richtigen Worte.

Er wurde ungeduldig, schließlich zornig. Es fiel ihm schwer, seinem Zorn nicht die Zügel schießen zu lassen. Sie schien seine Gereiztheit zu spüren, denn sie sah zu ihm auf. Am liebsten hätte er sie bei den Schultern gepackt und kräftig durchgeschüttelt.

»Verdammt!« sagte er leise. »Verdammt...«

In diesem Moment klingelte das Telefon. Er griff an ihr vorbei nach dem Hörer.

»Jon«, sagte er und zu ihr gewandt: »Es ist mein Sohn.«

»Ein Anruf für Sie, Mr. Towers. Von Toronto. Eine Miß Sarah...«, erklärte die Zentrale.

»Einen Augenblick, bitte!« Er legte den Hörer zwischen die Kissen. »Geh ins Badezimmer!« sagte er zu der Frau. »Es ist ein privater Anruf für mich. Warte dort, bis ich fertig bin.«

»Aber...«

»Raus!«

Ohne ein weiteres Wort ging sie.

»Danke«, sagte er, als die Tür ins Schloß gefallen war, »verbinden Sie mich jetzt, bitte!«

Und dann war Sarahs sanfte Stimme da.

»Jon?« fragte sie, als könnte sie es nicht fassen, daß sie quer über den Atlantik mit ihm sprechen konnte.

»Sarah!«

In seiner Kehle steckte ein Knäuel, und seine Augen brannten. »Sarah, ich wollte dich anrufen...«

»Ja, ich weiß«, sagte sie glücklich, »aber ich konnte es einfach nicht mehr erwarten, und da dachte ich mir, ich könnte dich zuerst anrufen. Jonny, Tante Mildred ist eine Woche früher nach London gekommen, und nun habe ich schon früher als erwartet eine vollwertige Anstandsdame. Ist es dir recht, wenn ich übermorgen nach London fliege?«

11

Ein paar Augenblicke lang blieb Jon bewegungslos auf dem Bettrand sitzen, nachdem er den Hörer zurückgelegt hatte. Dann kam Eve aus dem Badezimmer und blieb unter der Tür stehen.

»Du gehst besser«, sagte er. »Tut mir leid.«

Sie zögerte erst, schlüpfte aber, ohne ein Wort zu sagen, in ihren Mantel. Trotzdem fragte sie: »Wie lange bleibst du in London?«

»Ich weiß es noch nicht.«

Sie spielte mit dem Verschluß ihrer Handtasche, als wüßte sie selbst nicht genau, was sie wollte.

»Vielleicht können wir uns noch mal treffen, wenn du Zeit hast«, schlug sie schließlich vor. »Du hast doch meine Telefonnummer?«

Er stand auf und sah ihr in die Augen. Sie wußte sofort, daß sie etwas Falsches gesagt hatte. Ihre Wangen brannten. Und plötzlich war sie wütend. Auf ihn, auf seine beiläufige Einladung in sein Hotel, auf die Art, wie er sie praktisch hinauswarf, wütend besonders deshalb, weil seine lässige Art ihr rätselhaft erschien, und das war etwas, das sie faszinierte und gleichzeitig ihren Zorn herausforderte.

»Nun, dann eine recht schöne Hochzeit«, flötete sie mit ihrer sanftesten, süßesten Stimme und setzte dazu ihre eisigste Miene auf, als sie zur Tür schwebte. »Ich hoffe, daß deine Verlobte weiß, wen sie heiratet.«

Sie hatte noch die Befriedigung, ihn blaß werden zu sehen. Dann knallte die Tür hinter ihr zu, und Jon war mit seinen Gedanken wieder allein.

Nach einer ganzen Weile erst sah er auf die Uhr. Es war schon Mitternacht vorüber. Justin hätte vor mindestens einer Stunde anrufen sollen. Vielleicht hatte Camilla vergessen, es ihm zu bestellen? Oder vielleicht hatte sie es ihm absichtlich nicht gesagt, rein aus Bosheit? Vielleicht wußte sie sogar, wo Marijohn war? Aber nein! Rivers hatte selbst erwähnt, er sei der einzige, mit dem Marijohn in Kontakt sei. Michael Rivers –

Er nahm den Hörer ab und bat die Zentrale um ein Gespräch mit den Consett Mews Nummer fünf. Es dauerte ein paar Minuten, bis die Zentrale sich wieder meldete.

»Ihre Nummer, bitte, Mr. Towers!«

Er hörte die Telefonklingel läuten, aber niemand meldete sich. Zehnmal, elfmal, zwölfmal. Endlich!

»Knightsbridge 5-7-8-1.«

Er kannte die Stimme nicht. Sie klang ruhig, vornehm und beherrscht.

»Ich möchte gern mit Justin Towers sprechen«, sagte Jon.

»Am Apparat.«

Allmächtiger Gott! dachte Jon, und zu seinem Erstaunen stellte er fest, daß seine rechte Hand geballt war.

Sein Herz raste. Er mußte tief Atem holen, ehe er weitersprechen konnte.

»Justin«, flüsterte er.

»Ja, ich bin noch am Apparat.«

»Hat deine Großmutter dir gesagt, daß ich heute in den Mews war?«

»Ja, das hat sie.«

»Warum hast du mich dann nicht angerufen, als du zurückkamst? Sagte sie dir nicht, du solltest mich anrufen?«

»Doch, sie sagte es mir.«

Diese ruhige Stimme war eine einzige Ablehnung. Aber vielleicht war der Junge auch nur schüchtern.

»Schau mal, Justin, ich würde dich sehr gern sehen. Ich habe viel mit dir zu besprechen. Kannst du nicht morgen früh zu mir ins Hotel kommen? Wann wäre es dir möglich?«

»Ich fürchte, morgen kann ich nicht«, erwiderte die Stimme ruhig. »Ich bin morgen nicht in London.«

Jon war, als hätte ihm jemand einen eiskalten Schwamm ins Gesicht geworfen. Seine Finger umschlossen den Hörer fester. »Justin, weißt du, weshalb ich nach Europa gekommen bin?«

»Meine Großmutter sagte, du wolltest hier heiraten.«

»Das hätte ich auch in Toronto tun können. Ich kam hauptsächlich deswegen nach England, weil ich dich sehen wollte.«

Justin antwortete nicht. Vielleicht war dieser Alptraum Wirklichkeit, vielleicht war er ganz einfach nicht an seinem Vater interessiert.

»Ich möchte dir einen geschäftlichen Vorschlag machen.« Verzweifelt versuchte er, zu dieser unpersönlichen Stimme Kontakt zu finden. »Ich müßte ganz dringend und so schnell wie möglich mit dir sprechen. Kannst du nicht deine Verabredung für morgen absagen?«

»Gut«, antwortete die Stimme nach einer Pause. »Es wird gehen.«

»Kannst du mit mir frühstücken?«

»Ich fürchte, am Samstagvormittag stehe ich nicht früh genug auf.«

»Und Mittagessen?«

»Ich – weiß es nicht bestimmt.«

»Gut. Komm nach dem Frühstück so früh wie möglich. Wir können uns dann eine Weile unterhalten. Und vielleicht kannst du mit mir etwas später auch zu Mittag essen.«

Justin sagte zu.

»Fein! Und vergiß nicht, zu kommen, Justin. Also, bis morgen!«

Er brauchte eine ganze Weile, bis er aufstehen und ins Badezimmer gehen konnte. Dort bemerkte er die Schweißperlen auf seiner Stirn. Seine Hände zitterten.

Das hat meine Mutter getan, dachte er. Sie hat den Jungen gegen mich aufgehetzt, wie sie es mit mir und meinem Vater gemacht hat. Wenn ich morgen Justin sehe, dann begegne ich einem Fremden, und sie ist schuld daran.

Er fühlte sich untröstlich, so als habe er alle seine Ersparnisse von der Bank abgehoben, damit ein anderer sie ihm stehlen konnte. Mit dem Gefühl der Untröstlichkeit ging er zu Bett.

Doch er konnte nicht schlafen. Die Gedanken wirbelten und kreisten in seinem Kopf, formten sich zu Worten und Sätzen und wurden schließlich zu Spannung und Schmerz.

Aber es waren ja nur noch zwei Tage, dann würde Sarah nach London kommen.

Hoffentlich machte Eve ihm keine Schwierigkeiten.

Und Marijohn mußte er finden. Zum Teufel mit diesem Michael Rivers! Wie konnte man ihn zum Reden bringen? Mit Geld? Mit Drängen oder Drohen? Nein, sicher nicht. Doch irgendwie mußte auch ein Rivers zu packen sein. Vielleicht war Marijohn im Ausland? Camilla hatte gesagt, es hätte Affären gegeben. Nein, keine Affären. Keine wirklichen, richtigen Affären. Justin konnte vielleicht wissen, wo sie steckte. Justin –

Besser nicht an Justin denken.

Und dann war plötzlich Clougy in seinen Gedanken, die Sehnsucht nach der sanften Brise, nach den weißen Fensterläden auf der gelben Mauer und dem sicheren Bewußtsein des Friedens. Aber all das war mit Sophia gestorben.

Er vergrub sein Gesicht in den Kissen. Erst jetzt wußte er, wie sehr er sein Haus in Cornwall geliebt hatte.

Er stand auf und ging zum Fenster.

Ich möchte über Clougy sprechen, über Sophia, warum unsere Ehe zerbrach, obgleich ich sie so unendlich geliebt habe. Ich möchte über meine Freundschaft mit Max sprechen, warum wir uns erleichtert trennten und ohne ein Gefühl des Bedauerns unsere eigenen Wege gingen, ohne je einen Blick zurückzuwerfen. Und über Michael, der mich nie mochte, weil ich mich nie in praktische Formen pressen ließ, und über Justin, den ich so liebte, weil er immer fröhlich und so gemütlich war in seiner Plumpheit, weil er das Leben liebte und es so erregend fand wie ich. Und ich möchte mit Marijohn sprechen. Denn nur mit ihr kann ich über Clougy sprechen, nur mit ihr.

Krank vor Sehnsucht ging er wieder zu Bett und wälzte sich noch stundenlang auf dem Laken. Erst kurz vor Tagesanbruch konnte er einschlafen.

13

Nach dem Frühstück setzte er sich mit einer Zeitung in die Halle und wartete auf Justin. Es wurde zehn Uhr, halb elf.

Vielleicht kommt er gar nicht? Aber dann hätte er doch sicher angerufen? Nein, er mußte kommen. Er hatte es doch versprochen.

Neue Gäste kamen an, alte reisten ab. Ein paar Schweden standen am Empfangstisch. Ein anderer Ausländer kam dazu. Italiener vielleicht? Oder Spanier?

Der Fremde fragte nach Mr. Jon Towers.

»Ich denke, Sir«, antwortete der Mann am Empfang, »Mr. Towers sitzt links hinter Ihnen.«

Der junge Mann drehte sich um.

Seine dunklen Augen blickten ernst und wachsam, sein Gesicht strahlte heitere Ausgeglichenheit aus. Es war nicht besonders hübsch, doch etwas ungewöhnlich im Schnitt. Jon erkannte jetzt die kleine Stupsnase, die hohen Wangenknochen, nicht aber den weitgeschwungenen, ernsten Mund und die magere Kieferpartie.

Sehr ruhig und ohne jede Eile kam ihm der junge Mann entgegen. Jon stand auf.

»Hallo!« sagte Justin und streckte höflich die Hand aus. »Wie geht es dir?«

Jon nahm die Hand, ließ sie aber sofort wieder fallen. Vor

zehn Jahren, überlegte er, hatte es keine Fremdheit zwischen uns gegeben, keine leeren Höflichkeitsphrasen, keine bedeutungslosen Gesten. Ein wenig unsicher lächelte er den jungen Mann an.

»Aber du bist ja so mager, Justin!« Etwas Besseres fiel ihm nicht ein. »So schlank! Geradezu stromlinienförmig.«

Der junge Mann lächelte und hob die Schultern. Das erinnerte ihn schmerzhaft an Sophia.

Sie setzten sich. Jon zündete sich eine Zigarette an.

»Was tust du?« fragte er. »Arbeitest du?«

»Ja. Im Versicherungsgeschäft.

»Macht es dir Spaß?«

»Ja.«

»Wie ging es dir in der Schule? Wo warst du zum Schluß? Hat es dir dort gefallen?«

Justin beantwortete seine Fragen. Es gab so wenig zu sagen. Jon fühlte sich fast krank vor Enttäuschung und Trauer.

»Ich glaube, es ist dir lieber, wenn ich gleich zur Sache komme«, sagte er daher unvermittelt. »Ich kam hierher, um dich zu fragen, ob du nicht Lust hättest, in Kanada zu arbeiten, um dann später eine Filiale meines Geschäftes in London zu übernehmen. Diese Filiale besteht im Augenblick noch nicht, aber ich werde sie in den nächsten drei Jahren gründen. Wenn du dich gut einarbeitest, werde ich dir, wenn ich mich zurückziehe, natürlich das gesamte Geschäft übergeben. Ich handle mit Grundstücken. Es ist ein Geschäft im Wert von einigen Millionen Dollar.«

»Ich glaube«, antwortete Justin, »ich würde nicht gern in Kanada arbeiten.«

Ein Mann und eine Frau neben ihnen lachten. Das störte Jon.

»Hast du dafür einen ganz bestimmten Grund?« fragte er.

»Nun« – Justin hob wieder die Schultern –, »in England gefällt es mir eigentlich recht gut. Meine Großmutter ist sehr lieb zu mir, ich habe viele Freunde und so weiter. Außerdem arbeite ich gern in London, und ich habe auch erfreuliche

Aussichten in der City.« Während er sprach, wurde er rot und sah auf den Boden hinunter. »Und dann ist da noch ein Grund.« Er schien gespürt zu haben, daß das, was er vorher gesagt hatte, nicht reichte. »Ein Mädchen. Ich möchte nicht weggehen und dieses Mädchen hier zurücklassen.«

»Dann heirate doch und bring deine Frau mit nach Kanada.«

Verblüfft sah Justin auf. Da wußte Jon, daß sein Sohn gelogen hatte.

»Aber ich – kann nicht...«, stammelte Justin.

»Oh, ich war neunzehn, als ich heiratete. Du bist alt genug und solltest wissen, was du willst.«

»Wir – sind ja noch nicht einmal verlobt.«

»Dann kann sie nicht so wichtig sein, daß du dir die Möglichkeit eines Millionengeschäftes in Kanada entgehen lassen dürftest. Freunde findest du in Kanada neue. Und deine Großmutter war freundlich zu dir, sagtest du. Na, und? Willst du dein Leben lang an ihren Rockschößen hängen? Und die guten Aussichten in der City – die haben andere junge Männer auch. Ich biete dir weit bessere, einmalige, erregende, dynamische. Willst du niemals dein eigener Herr sein? Hast du keine Lust, dich dieser Herausforderung zu stellen, um zu gewinnen? Was erhoffst du dir vom Leben? Die Stagnation, die Langeweile von neun bis fünf? Oder willst du die Erregung der Millionengeschäfte rund um die Uhr? Du liebst London. Ich biete dir die Möglichkeit, in drei Jahren wieder hierher zurückzukehren, aber zwanzig mal reicher zu sein als irgendeiner deiner Freunde. Ist das nichts? Ich hätte nicht gedacht, daß du eine solche Möglichkeit ausschlagen würdest.«

Die dunklen Augen blickten ausdruckslos, Justins Gesicht zeigte keine Bewegung.

»Ich glaube, für den Grundstückshandel habe ich kein Talent«, sagte er schließlich.

»Weißt du denn etwas davon? Schau mal, Justin...«

»Ich will nicht«, antwortete Justin rasch. »Du wirst einen anderen finden. Warum muß es gerade ich sein?«

»Du lieber Himmel!« Jon war fast außer sich vor Zorn und Enttäuschung. »Was ist denn mit dir los, Justin? Verstehst du denn nicht, was ich dir mit alldem sagen will? Ich war zehn Jahre von dir getrennt, doch jetzt will ich alles ändern und dir geben, was ich dir geben kann. Ich will dich in mein Geschäft hereinnehmen, damit wir uns nie mehr trennen müssen, damit ich dich immer um mich haben kann, um dich für die verlorenen Jahre zu entschädigen. Verstehst du das denn nicht?«

»Ja«, antwortete Justin hölzern. »Aber ich fürchte, ich kann dir nicht helfen.«

»Hat deine Großmutter mit dir gesprochen? Hat sie dich gegen mich beeinflußt? Was hat sie gesagt?«

»Sie hat nie von dir gesprochen.«

»Das ist ausgeschlossen.«

Justin schüttelte den Kopf und sah auf die Uhr.

»Nein!« bestimmte Jon. »Du gehst jetzt nicht. Erst will ich wissen, was hier gespielt wurde.« Er drückte Justin wieder auf seinen Stuhl. »Ich habe das Recht, Fragen zu stellen, ob es dir nun paßt oder nicht. Und du gehst hier nicht weg, ehe ich eine klärende Antwort habe.«

Der Junge sagte noch immer nichts, aber der Trotz in seinen Augen war einer Angst und einem Mißtrauen gewichen, die Jon nicht verstand.

»Warum hast du mir eigentlich niemals auf meine Briefe geantwortet?« fragte Jon unvermittelt.

»Briefe?«

»Du erinnerst dich doch noch daran, wie ich dich in Clougy abholte und wir uns verabschiedeten?«

Das Mißtrauen schwand aus Justins Augen, nur die Angst blieb. »Ja«, sagte er.

»Ich habe dir damals erklärt, ich könnte dich nicht mitnehmen, da ich kein Heim für uns hätte und keine Hilfe, die dich versorgt. Und ich wollte, daß du in eine englische Schule gehst. Ich versprach dir zu schreiben, und du versprachst mir, meine Briefe zu beantworten und mir zu erzählen, was du tust.«

Justin nickte nur.

»Sechs Briefe schrieb ich dir anfangs, schickte dir auch ein Geburtstagsgeschenk, aber du hast nie geantwortet. Warum nicht, Justin? Warst du gekränkt, weil ich dich nicht mitnehmen konnte? Es geschah zu deinem Besten, mein Junge. Leider fraß mich dann das Geschäft mit Haut und Haaren auf, so daß ich nicht einmal mehr für ein kurzes Wochenende Zeit fand. Sonst wäre ich nämlich längst einmal gekommen. Und da ich kein Wort von dir zu hören bekam, dachte ich auch, es wäre besser, nicht weiter zu schreiben, denn meine Briefe könnten dir weh tun, fürchtete ich. Ich schickte dir also zu Weihnachten und zum Geburtstag immer nur Geld auf das Bankkonto deiner Großmutter. Was ist eigentlich los, Justin? Hängt es mit Clougy zusammen?«

»Ich muß gehen«, sagte Justin verstört. »Bitte, ich muß gehen.« Er stand auf und taumelte auf die Schwingtür zu. Er schien nichts zu sehen und nicht zu wissen, wohin er ging.

Dann war Jon wieder allein. Der Mißerfolg beengte sein Herz.

14

Es war elf Uhr, als Justin in den Consett Mews ankam. Seine Großmutter schrieb Briefe und sah erstaunt auf, als er das Wohnzimmer betrat.

»Justin!«

Er bemerkte, wie sich ihre Miene fast unmerklich veränderte, als sie ihn ansah. »Liebling, was ist denn geschehen? Was hat er gesagt? Hat er...?«

»Was geschah mit den Briefen, die mir mein Vater vor zehn Jahren aus Kanada schrieb?« fragte er mühsam.

Sie errötete, und er sah die häßlichen Flecken unter ihrem Make-up. Es stimmt, dachte er. Er hat mir geschrieben. Sie hat mich immer angelogen.

»Briefe?« fragte sie. »Aus Kanada?«

»Sechs Briefe. Und er schickte auch ein Geburtstagsgeschenk.«

»Hat er das gesagt?«

Es war nur eine matte Verteidigung. Sie hob ihm beschwörend die Hände entgegen.

»Ich habe es doch nur zu deinem Besten getan, mein Junge. Du hättest dich nur aufgeregt, wenn du seine Briefe gelesen hättest. Er hat dich doch allein gelassen, ist ohne dich nach Kanada gegangen...«

»Hast du die Briefe gelesen?«

»Nein. Nein, ich...«

»Sechs Briefe schrieb mir mein Vater, und du hast sie vernichtet, damit ich glauben sollte, er hat mich ganz vergessen.«

»Justin, du verstehst nicht...«

»Weil du nie einen Brief von ihm bekamst, durfte ich auch keinen bekommen. Du hast mich angelogen und mich betrogen. Tag für Tag, Jahr für Jahr.«

»Justin, es war doch alles nur zu deinem Besten!«

Sie ließ sich erschöpft auf einen Stuhl fallen. Plötzlich war sie alt, eine Frau mit tiefen Falten, gebeugten Schultern und zitternden Händen.

»Dein Vater hat nur für sich Interesse«, flüsterte sie. »Er benützt die Menschen nur. Wenn du ihn liebst, so verschwendest du deine Liebe, weil du ihm nichts bedeutest. Ich war ihm manchmal von Nutzen, denn ich bot ihm, als er jung war, ein Heim, und später habe ich mich um dich gekümmert. Aber all das hat ihm nichts bedeutet. Du kannst ihm von Nutzen sein, wenn du ihm bei seinem Geschäft hilfst. Oh, du brauchst mir nicht zu erzählen, weshalb er dich sehen wollte! Du bist ihm gleichgültig. Nur Nutzen...«

»Du hast nicht recht«, erklärte ihr Justin. »Ich bin ihm nicht gleichgültig. Aber das verstehst du nicht. Und ich glaube nicht, daß du ihn jemals besser verstanden hast als mich.«

»Justin!«

»Ich gehe mit ihm nach Kanada.«

»Nein, das kannst du nicht! Bitte, Justin, sei vernünftig! Du zerstörst alles, was du dir hier aufgebaut hast, nur weil du zehn Minuten lang mit einem Mann gesprochen hast, den du kaum kennst. Bitte, sprich nicht so!«

»Ich habe meinen Entschluß bereits gefaßt.«

Camilla sah ihn an. Die Jahre flossen ineinander, und plötzlich war der Junge vor ihr Jon, der mit ruhiger, trotziger Stimme zu ihr gesagt hatte: »Ich habe mich entschlossen. Ich werde heiraten.«

»Du bist ein Narr, Justin!« fuhr sie ihn an. »Du weißt ja nicht, was du tust. Du kennst deinen Vater ja gar nicht.«

Er wandte sich ab und ging zur Tür. »Ich will nichts dergleichen mehr von dir hören.«

»Natürlich!« rief Camilla. »Du warst ja auch noch zu klein, um dich an Clougy zu erinnern und an das, was dort passierte.«

»Halt den Mund!« schrie er und wirbelte herum. »Halt endlich deinen Mund!«

»Ich war nicht dabei, aber ich kann mir genau vorstellen, was passierte. Er hat deine Mutter in den Tod getrieben, weißt du das? Die Jury sagte, es wäre ein Unfall gewesen, aber ich weiß, es war Selbstmord. Die Ehe war zerbrochen, und ihr war nichts mehr geblieben. Ich habe ja von Anfang an gewußt, daß diese Ehe nichts taugt. Nach ein paar Ehejahren hört auch die stärkste sexuelle Anziehungskraft auf, und da war es ganz natürlich, daß sie ihn langweilte. An ihr selbst war ihm nie etwas gelegen, nur im Bett hatte sie ihm etwas bedeutet. Deshalb hielt er auch nach einer anderen Frau Ausschau. Sie mußte ganz anders sein, unerreichbar, damit ihre Eroberung aufregender wurde. Und eine solche Frau war an jenem Wochenende, als deine Mutter starb, in Clougy. Natürlich wußtest du nicht, daß er und Marijohn...«

Justin preßte die Hände auf die Ohren, stolperte in die Halle hinaus und versetzte der Tür einen Fußtritt, daß sie zuknallte. Er rannte die Treppe hinauf in sein Zimmer und packte sofort seine Koffer.

Mittag.

Jon saß in seinem Hotelzimmer und arbeitete an einem Inserat für die Spalte *Persönliches* in der *Times*.

Ob er sich noch mal mit Rivers in Verbindung setzen sollte?

Vor ihm lag der Zettel mit Eves Telefonnummer. Er mußte sie noch mal sehen, um endlich die Sache mit dem anonymen Anruf zu klären.

Wenn er nur Marijohn finden könnte. Alles andere wäre dann einfacher. Er knüllte den Zettel mit der Telefonnummer zusammen und warf ihn über den Tisch, als das Telefon läutete.

»Eine Dame ist hier, die Sie sehen möchte, Mr. Towers.«

»Hat sie ihren Namen genannt?«

»Nein, Sir.«

Das konnte Eve sein. Vielleicht war sie jetzt bereit, die Karten offen auf den Tisch zu legen.

»Gut, ich komme hinunter«, sagte Jon.

Er sah das Geld in seiner Brieftasche nach und ging zum Lift. Unten in der Halle ging er zu der Gruppe von Ledersesseln, die zwischen dem Empfang und dem Eingang zur Bar stand.

Er spürte ihre Nähe, ehe seine Augen sie sahen. Erleichterung mischte sich mit strahlender Freude, als er ihr entgegenging und sie ihn anlächelte.

Marijohn! Marijohn!

Zweiter Teil

I

Den Atlantikflug verbrachte Sarah mit einem Gedichtband und einem Krimibestseller, verstand jedoch weder von dem einen noch von dem anderen auch nur ein Wort, so daß sie beide Bücher weglegte. Als sie dann unter den Tragflächen der Maschine das unendliche Lichtermeer von London erblickte, zog sich ihr Herz vor schmerzlicher Sehnsucht nach Jon und Vorfreude auf das Wiedersehen zusammen.

Sie liebte Jon und hatte keinen anderen Wunsch, als ihn zu heiraten. Manchmal war er ihr allerdings ein Rätsel. Sie verstand ihn, wenn er fröhlich, erregt, nervös, traurig oder nur schlechter Laune war, nicht aber dann, wenn er – wie sie es bezeichnete – seine *Abstandslaune* hatte. Dann wußte sie nicht, wie sie sich verhalten, was sie tun sollte. Diese Abstandslaune erzeugte in ihr immer das Gefühl, versagt zu haben. Sie hoffte, in England würde es anders sein, da er nicht von seinen Geschäften bedrängt wurde. Am liebsten hätte sie ihn nach der Ursache dieser Stimmung gefragt, da sie es nicht ertragen konnte, wenn er so weit weg und für sie und die Welt unerreichbar, ihr gegenüber gleichgültig war.

Auch als sie ihn in London angerufen hatte, war er in jener Abstandslaune gewesen. Sie hatte sich zwar um Fröhlichkeit bemüht – und vielleicht hatte sie sogar Jon getäuscht –, aber sie hatte geweint, als sie den Hörer zurücklegte. Ihren Eltern war ihre Traurigkeit selbstverständlich nicht entgangen.

»Sarah, Liebling, wenn du auch nur den geringsten Zweifel hast... Natürlich ist es ein großes Glück für dich, Jon zu heiraten. Und du weißt, wir haben ihn gern. Aber er ist so viel älter als du, und es ist immer schwierig, außerhalb der eigenen Generation...«

Es war natürlich ungeschickt von Sarah, daß sie angesichts dieser Plattheiten die Geduld verlor und sich zu einer schlaflosen Nacht in ihrem Zimmer einsperrte. Am nächsten Tag hatte sie dann für die Reise nach London gepackt. Abends hatte sie auf seinen Anruf gewartet, aber der war nicht gekommen.

Ihre Mutter war schließlich der Meinung gewesen, Sarahs Traurigkeit hätte ihre Ursache in einer gewissen vorhochzeitlichen Nervosität, und so verbrachte sie überraschenderweise fünf Minuten mit einem Gespräch über die Intimseite der Ehe, das von zahlreichen bedeutungsschweren Pausen unterbrochen wurde. Von diesem Gespräch hatte sich Sarah in einem Kino zu erholen versucht, aber der Breitwandfilm war so weitschweifig gewesen, daß sie gelangweilt und mit Kopfschmerzen vorzeitig das Kino verlassen hatte.

Es war also fast eine Erleichterung gewesen, als Sarah endlich das Flugzeug nach London besteigen konnte.

Und nun schwebten die Lichter immer näher. Ein winziger Aufprall, und sie standen fest auf englischem Boden.

Die Luft war feucht und kühl, und die Zollprozeduren machten sie erneut nervös. Doch dann stand sie endlich in der großen Halle und hielt nach Jon Ausschau.

Er war nicht da.

Etwas mußte schiefgegangen sein. Wollte er die Verlobung lösen? Oder hatte er einen Unfall gehabt, war verletzt, lag im Sterben, war tot?

»Du lieber Himmel!« rief Jon hinter ihr. »Ich hielt dich erst für ein weißes Laken. Was hat dich denn so erschreckt, Liebes?«

Sie wurde ganz schwach vor Erleichterung, und Tränen standen in ihren Augen.

»O Jon, Jon!« flüsterte sie.

Er war jetzt nicht in Abstandslaune. Er strahlte, und seine Arme waren stark, und seine Küsse vertrieben alle Sorgen und Hirngespinste.

»Oh, du siehst geradezu erschreckend verrucht aus mit diesen grünen Lidschatten, Liebling. Und sicher bin ich jetzt über und über mit dem teuersten Lippenstift Kanadas bedeckt, ja?«

Das war richtig. Sie küßte ihn noch mal, nahm dann ein Taschentuch aus der Tasche und rieb die Lippenstiftspuren von seinem Gesicht.

»So, und jetzt gehen wir«, bestimmte er. »Im *Hilton* wartet das Dinner auf uns. Wir haben noch unendlich viel zu besprechen, ehe ich dich bei Tante Mildred abliefern muß. Ist das alles Gepäck? Oder hat meine Kleopatra für die zahllosen Koffer eine eigene Maschine gechartert?«

Die Fahrt durch London wärmte Sarah das Herz. Ihre Hand lag in der Jons. Sie genoß die Fahrt durch ihre Lieblingsstadt mit den breiten, hellerleuchteten Straßen, durch die sie dem Glanz einer üppigen Welt entgegenfuhr.

»Und wie fühlt sich meine Kleopatra jetzt?« fragte er zärtlich.

»Sicher besser als sie, denn du bist mir lieber als Marc Anton, und London ist viel schöner und interessanter, als Alexandria je gewesen sein kann.«

Er lachte und war glücklich. An der Schwelle zum *Hilton* zögerte sie einen Moment, denn dieser raffinierte Luxus war ihr noch fremd. Im Speisesaal gab sie sich jedoch alle Mühe, diesen Luxus alltäglich zu finden.

Jon bestellte das Essen und die Weine und legte dann die Karten weg.

»Sarah«, sagte er, »ich habe viel mit dir zu besprechen.«

Das war auch ganz natürlich. Schließlich standen die Hochzeit, die Flitterwochen vor der Tür. Sie erwartete erregende, atemberaubende Pläne.

»Zuerst muß ich mich noch entschuldigen, weil ich dich gestern nicht angerufen habe. Es gab einige Schwierigkeiten, und meine Familie hat mich ganz mit Beschlag belegt.«

Er sah sie an, und sie lächelte.

»Und dann... Weißt du, vorgestern am Telefon war ich, glaube ich, nicht besonders nett. Ich hatte so viele andere

Dinge im Kopf, und dein Anruf kam so überraschend. Dabei habe ich mich riesig gefreut, daß du früher als erwartet nach London kommen konntest.«

»Ja, du kamst mir ein wenig – merkwürdig vor.«

»Ich weiß. Siehst du, als ich ankam, entdeckte ich, daß meine Mutter umgezogen war. Es kostete mich einige Zeit, ihre neue Anschrift herauszufinden – und sie dann zu besuchen. Ich sprach auch mit Justin...«

»Oh?« Sie kannte Jons Plan, ihn nach Kanada einzuladen. »Geht es ihm gut? Und was hat er gesagt?«

»Er kommt nach Kanada. Erst hat er ein wenig gezögert, aber jetzt ist, Gott sei Dank, alles abgemacht. Ja, und dann mußte ich noch weitere Leute treffen – Max Alexander zum Beispiel, einen alten Freund, und verschiedene alte Bekannte. Seit meiner Ankunft hatte ich kaum eine freie Minute.«

»Das kann ich mir denken, Jonny. Und wie steht es mit der Hochzeit und den Flitterwochen? Hast du schon bestimmte Pläne gemacht?«

»Darüber möchte ich eben mit dir sprechen.«

Der erste Gang wurde aufgetragen, der erste Wein kredenzt.

»Weißt du«, erklärte er und sah sie voll an, »ich möchte dich sofort heiraten. Ich kann eine Sonderlizenz beantragen, dann geht es sehr schnell. Anschließend machen wir Flitterwochen in Spanien, Italien, Paris – wohin du eben willst. Danach bleiben wir noch ein paar Tage in England, ehe wir mit Justin nach Kanada zurückfliegen.«

In ihrem Kopf wirbelten die Gedanken durcheinander.

»Aber Jon, meine Eltern sind doch nicht da«, wandte sie erregt ein. »Und ich habe noch lange nicht alles für meine Brautausstattung gekauft. Ich wollte mit Mami die letzten Sachen kaufen.«

»Ach, zum Teufel mit dieser Brautausstattung! Ich nehme dich auch in einem Zuckersack. Außerdem – einkaufen kannst du auch ohne deine Mutter. Dein Geschmack ist eher besser als der ihre.«

Sie schluckte heftig.

»Kannst du wirklich nicht ohne deine Eltern heiraten?«

»Ich – wollte nur ihnen gegenüber fair sein, Jon. Natürlich hätte ich es gern, wenn – sie hier wären. Aber wenn... Ach, ich verstehe es nicht! Warum ist die Hochzeit plötzlich so eilig?«

Er sah sie fest an, und sie wurde rot. Sie hatte Angst vor seiner Abstandslaune, Angst davor, ihre Eltern zu kränken, Angst vor der Hochzeit und vor der Brautnacht.

»Jon, ich...«

»Entschuldige!« sagte er und drückte ihre Hand. »Ich war ungeduldig und selbstsüchtig. Deine Eltern sollen selbstverständlich hier sein.«

»Vielleicht war ich auch selbstsüchtig«, gab sie beschämt zu. »Ich wollte eine stille Hochzeit...«

»Aber sie soll nicht so ruhig sein, wie ich das vorgeschlagen habe, nein?« Er war keineswegs böse. »Ist schon in Ordnung, Liebling. Wir machen es so, wie du es haben willst. Für dich ist die Hochzeit an sich viel wichtiger als für mich. Das ist ganz natürlich.«

»Ja, wahrscheinlich«, pflichtete sie ihm ein wenig verlegen bei. »Du warst ja schließlich schon einmal verheiratet.«

»Und deshalb bin ich so blasiert«, scherzte er.

Eine Weile aßen sie schweigend weiter.

»Sarah«, sagte er dann plötzlich. »Egal, wann wir heiraten, ich muß vorher noch mit dir ein paar Worte über Sophia sprechen.«

Sie nahm einen Schluck Wein, um ihre Erregung zu überspielen.

»Wenn du nicht willst, mußt du nicht über sie sprechen, Jon. Ich würde es verstehen.«

»Ich will nicht, daß du dir einen Komplex zulegst.« Er legte das Besteck weg und lehnte sich zurück. »Sophia war kein exotisches Wesen, dem du dich nur auf Zehenspitzen nähern konntest. Sie war ein ganz gewöhnliches Mädchen mit sehr viel Sex-Appeal. Ich heiratete sie, weil ich Sex mit Liebe verwechselte. Der Fehler wird oft gemacht. Wir waren einige Zeit sehr glücklich, doch dann wurde ihr die Ehe ziemlich langweilig. Ich konnte sie nicht mehr so lieben und ihr auch nicht mehr so vertrauen wie zu Beginn unserer Ehe. Wir stritten sehr viel. Ich dachte schon an eine Scheidung, als sie verunglückte.

Für alle, die damals in Clougy waren, war dieser Unfall schrecklich. Man berichtete in der Zeitung darüber, und es entstanden Gerüchte. Man behauptete sogar, ich hätte sie umgebracht. Irgendein bösartiger Schwachkopf hatte gehört, daß wir uns nicht besonders gut vertrugen, und daraus hatte er dramatische Schlüsse gezogen.

Sophia ist über die Felsen gestürzt und hat sich das Genick gebrochen. Es war ein Unfall. Die Jury meinte allerdings, es könnte auch Selbstmord gewesen sein, weil sie in Clougy nicht glücklich gewesen war. Doch die Selbstmordtheorie ist lächerlich. Sie wußten nicht, wie lebenslustig Sophia gewesen war. Ihr Tod war ein Unfall. Eine andere Erklärung gibt es nicht.«

Sie nickte. Ober kamen und gingen.

»Und außerdem«, fuhr Jon fort, »weshalb hätte ich sie töten sollen? Eine Scheidung ist eine kultiviertere Methode, eine ungeliebte Frau loszuwerden, und ich hatte keinen Grund, der Scheidung einen Mord vorzuziehen.« Er begann zu essen. »Aber ich komme vom Thema ab«, fuhr er fort. »Ich wollte dir eigentlich nur sagen, daß du niemals einen Vergleich mit Sophia zu scheuen hast, denn ein solcher Vergleich wäre unmöglich und unsinnig. Sophia liebte ich nur auf eine Weise – dich aus vielen Gründen. Das verstehst du doch, nicht wahr?«

»O ja, Jon«, antwortete sie. »Ich verstehe.«

Aber insgeheim dachte sie, auch wenn sie diesen Gedanken nie laut aussprechen würde, daß Sophia im Bett sehr gut gewesen sein mußte.

Jon lächelte sie über den Tisch hinweg an. »Willst du mich jetzt immer noch heiraten?« fragte er.

Sie lächelte zurück, und plötzlich war alles unwichtig außer ihrem Wunsch, ihn glücklich zu machen.

»Ja«, antwortete sie impulsiv, »ich will dich heiraten. Wir wollen nicht auf meine Eltern warten, Jonny. Ich habe es mir anders überlegt. Wir wollen so schnell wie möglich heiraten.«

2

Um halb zwölf rief Jon an jenem Abend eine Londoner Telefonnummer an.

»Alles in Ordnung«, sagte er. »Wir heiraten diese Woche, fliegen für zehn Tage nach Paris, bleiben anschließend ein paar Tage in London, um Justin abzuholen, und fliegen dann nach Kanada zurück. So ist die Gefahr nicht so groß, daß Sarah etwas von diesem anonymen Anruf erfährt. Sie braucht es nicht zu wissen.«

Er hörte eine Weile zu.

»Ja, das habe ich. Sie stellt keine Fragen wegen Sophia. Ich hielt mich an deinen Vorschlag... Aber wie soll ich das erklären? Es sieht sehr komisch aus, wenn ich dorthin zurückkehre, besonders nach dem, was ich ihr heute gesagt habe... Ja, natürlich. Doch, das klingt vernünftig... Gut. Wir sehen uns also in etwa zwei Wochen. Wiedersehen, Darling. Und denk an mich, ja?«

3

Das Hotel in Paris war sehr groß und sehr behaglich und elegant. Sarah fühlte sich trotz ihres fröhlichen Lächelns sehr klein, verloren und nervös. Der vorzüglichen Mahlzeit tat sie wenig Ehre an. Sie war zu unruhig und konnte nicht essen.

Anschließend gingen sie noch aus, doch es war noch nicht allzu spät, als sie wieder ins Hotel zurückkehrten.

Sie hatten eine Suite im ersten Stock. Jon ging in das Badezimmer. Sarah zog sich langsam aus. Sie hörte die Dusche im Bad und wußte, daß sie einige Minuten Zeit hatte.

Sie versuchte nicht an Sophia zu denken. Und trotzdem überlegte sie: Was hat Sophia wohl in der Hochzeitsnacht getan? Sicher hat sie nicht zitternd bei einem exotischen Dinner gesessen und mit ungeschickten Fingern an ihren Kleidern herumgefummelt. Vielleicht hatte Jon schon vor der Ehe mit Sophia zusammengelebt. Er hatte Sarah nie um so etwas gebeten, aber sie war ja auch anders als Sophia, nicht so attraktiv und fremdartig.

Sie setzte sich im Nachthemd an den Frisiertisch und beschäftigte sich mit ihrem Haar. Wie hatte Sophia wohl ausgesehen? Das hatte sie Jon nie gefragt. Sie mußte dunkel gewesen sein wie Justin, wahrscheinlich schlank und sehr schön. Dunkler und schlanker als ich, und natürlich schöner. Nein, ich darf nicht mehr an Sophia denken!

Jon kam aus dem Bad und warf seine Kleider achtlos auf einen Stuhl. Er war nackt.

»Ich bade wohl lieber«, sagte Sarah zu ihren Fingernägeln. »Macht es dir etwas aus?«

»Nicht im geringsten«, antwortete Jon, »nur wird es uns beiden nachher im Bett heiß werden.«

Das Badezimmer war eine Zuflucht aus Wärme und Dampf. Es dauerte lange, bis das Wasser eingelaufen war, noch länger brauchte sie, um sich zu waschen. Sie trödelte mit dem Abtrocknen herum und setzte sich dann auf den Hocker, weil Tränen in ihre Augen stiegen. Es gelang ihr nicht recht, sie zurückzuhalten. Und plötzlich überfiel sie ein heftiges Heimweh. Der Raum verschwamm vor ihren Augen, und sie heulte zum Steinerweichen, wie sehr sie sich auch dagegen zu wehren versuchte.

Wie sollte sie je in das Schlafzimmer zurückkehren können? Da drückte Jon auch schon auf die Klinke der verschlossenen Tür.

»Sarah?«

Sie antwortete nicht und weinte leise weiter.

»Kannst du mich nicht hineinlassen?«

Sie gab keine Antwort. »Bitte, Sarah!«

Sie wischte die Tränen ab, stolperte zur Tür, schloß sie auf, kehrte zum Hocker zurück und wartete auf einen Zornesausbruch.

»Sarah«, hörte sie ihn sagen, »Sarah, mein Liebling!«

Und dann nahm er sie ganz zart in die Arme, als wäre sie ein kleines schutzbedürftiges Wesen, und drückte sie fest an sich. Sie hatte nie geahnt, wie zart und zärtlich er sein konnte.

»Du denkst wohl an Sophia?« flüsterte er ihr ins Ohr. »Bitte nicht! Sarah, denk bitte nicht an sie! Niemals mehr, hörst du?«

Ihre Angst schwand dahin. Als er sich über sie beugte und sie leidenschaftlich küßte, zerfloß sie in seligem Vergessen.

4

Zehn Tage später kehrten sie nach London zurück. Jon verbrachte zwei Stunden mit Transatlantikanrufen wegen dringender geschäftlicher Angelegenheiten. Sein Vertrauensmann, den Sarah in Kanada kennengelernt hatte, kam nach Europa und speiste mit ihnen am ersten Abend in London in einem vornehmen Restaurant. Am folgenden Tag aßen sie mit Camilla in Knightsbridge zu Mittag. Auf der Rückfahrt zum Hotel wandte sich Sarah bestürzt an Jon.

»Wo war denn Justin?« fragte sie. »Niemand hat ihn erwähnt, und ich wollte nicht fragen.«

»Es gab eine kleine Unstimmigkeit, als er beschloß, mit uns nach Kanada zu gehen, um bei mir zu arbeiten. Er gab seine Stellung in der City auf, und ich sagte ihm, er sollte ein wenig Urlaub machen. Jetzt ist er in Cornwall bei meiner Kusine.«

»Oh, ich verstehe.«

Das Taxi verließ den Hydepark. Die Sonne brannte auf den geschorenen Rasen. Es war sehr heiß.

»Ich hätte es ganz gern«, sagte Jon und sah zum Fenster

hinaus, »wenn du diese Kusine kennenlernen würdest. Wir könnten einen Wagen mieten und dieses Wochenende nach Cornwall fahren und ein paar Tage auf dem Land verbringen, ehe wir nach Kanada zurückfliegen.«

Sehnsüchtig sah Sarah hinauf zum wolkenlosen Himmel, dachte an goldenen Sand und das Meer.

»Oh, das klingt ja verlockend, Jon! Ich würde gern ein wenig länger in England bleiben. Das Wetter ist so schön.«

»Würdest du wirklich gern dorthin fahren?«

»Sehr sogar. Wo lebt deine Kusine?«

»Ja... Zufällig wohnt sie eben jetzt in Clougy.«

Das Taxi mußte an einer Ampel halten. Das Rot wurde zu Gelb. Röhrend starteten ein paar Wagen vor ihnen.

»Als ich vor zehn Jahren von hier wegging, wollte ich dieses Haus nie mehr im Leben sehen. Fast hätte ich es verkauft. In letzter Minute ließ ich die Absicht jedoch fallen und schenkte es meiner Kusine. Es ist ein so reizendes, einmalig schön gelegenes Haus. Ich liebte es bei meinem Weggang noch immer so sehr, daß ich es nicht übers Herz brachte, es an einen Fremden zu verkaufen. Meine Kusine ist ein paarmal im Jahr dort und vermietet es im Sommer zeitweise. Ich sah sie kurz vor deiner Ankunft in London. Und als sie von Clougy zu sprechen begann, hatte ich plötzlich Sehnsucht nach seiner Schönheit und hoffte, ich könnte es vielleicht wieder so friedlich erleben wie früher. Meine Kusine schlug vor, wir sollten für ein paar Tage kommen. Willst du? Oder hast du etwas dagegen?«

»Nein«, antwortete sie automatisch. »Ich habe nichts dagegen. Für mich sind ja keine Erinnerungen mit dem Haus verbunden. Wenn du willst, Jon, dann fahren wir. Nur das ist doch wichtig.«

Aber gleichzeitig überlegte sie, warum er dorthin zurückkehren wollte. Sie verstand es nicht, und das verwirrte sie.

»Ach, weißt du, und meine Kusine habe ich so lange nicht gesehen und werde sie vermutlich auch nie wiedersehen. Sie würde auch dich so gern kennenlernen.«

»Du hast mir noch nie von ihr erzählt«, war alles, was Sarah sagen konnte. »Gehört sie zu jenen Verwandten mütterlicherseits, die du nicht zur Hochzeit einladen wolltest?«

»Nein. Marijohn ist meine einzige Verwandte von meines Vaters Seite her. Bis ich sieben war, verbrachten wir die meiste Zeit zusammen. Dann ließen meine Eltern sich scheiden, und mein Vater schickte sie in ein Klosterinternat. Sie war sein Mündel, weißt du. Ich sah sie von da ab, bis ich fünfzehn war, sehr selten. Zu diesem Zeitpunkt kehrte mein Vater nach London zurück und holte Marijohn aus dem Internat. Bis zu meiner Heirat sahen wir uns dann wieder oft; in Cornwall nur noch selten. Ich hatte sie immer sehr gern.«

»Warum hast du sie nicht zur Hochzeit eingeladen?«

»Ich machte ihr den Vorschlag, aber sie konnte nicht kommen. Ich weiß gar nicht, weshalb ich dir noch nicht von ihr erzählte. Natürlich verlor ich, als ich in Kanada war, den Kontakt mit ihr und rechnete nicht einmal, sie zu sehen, als ich nach London kam. Aber sie hörte von meiner Ankunft, und wir trafen uns. Weißt du, in den beiden Tagen vor deiner Ankunft passierte so vieles, daß ich alles vergaß, nur nicht die Pläne für unsere Hochzeit. Doch heute früh schien die Sonne so wunderschön, daß mir ihre Einladung nach Clougy wieder einfiel. Würdest du gern hinfahren? Oder ist dir London lieber? Sag ruhig, was du meinst.«

»Ich würde gern ein paar Tage an der See verbringen«, antwortete sie. Ich verstehe so vieles noch nicht an Jon, überlegte sie, und er kennt mich in- und auswendig. Doch kennt er mich wirklich? Dann müßte er doch eigentlich wissen, daß ich nicht wünschen kann, jenes Haus zu besuchen, in dem er mit seiner ersten Frau lebte. Aber vielleicht bin ich nur zu empfindlich. Wenn er ein Familienheim hätte, würde ich auch dort leben, ohne zu fragen, wie oft er vorher verheiratet war. Und leben will er ja in Clougy nicht, nur einen Besuch machen, um seine Kusine zu sehen. Ich muß mich zusammenreißen.

»Erzähl mir von deiner Kusine, Jon«, bat sie, nachdem sie das Taxi verlassen hatten. »Wie war ihr Name?«

Doch dann kam Jons Geschäftspartner dazwischen, so daß Marijohns Name erst sehr viel später am Nachmittag wieder erwähnt wurde.

»Wir bekommen morgen einen Wagen«, berichtete Jon und lachte sie an. »Wenn wir frühzeitig wegfahren, schaffen wir die Strecke in einem Tag. Jetzt herrscht ja noch kein Wochenendverkehr.«
»Und deine Kusine? Freut sie sich?«
»Ja«, antwortete Jon vergnügt. »Sie freut sich riesig.«

5

Als Jon den Wagen in das nach Clougy führende Sträßchen lenkte, vibrierte sein ganzer Körper vor Erregung. Sarah spürte sie, konnte sie aber nicht teilen. Die etwas sterile, schwermütige Schönheit der Moore Cornwalls war ihr zunächst fremd.

»Ist es nicht wundervoll?« fragte Jon immer wieder, und seine Augen funkelten vor erwartungsvoller Freude.

Doch merkwürdigerweise – allmählich steckte seine Erregung sie tatsächlich an. Die Kargheit der Landschaft erschien ihr fast klassisch in ihrer Einfachheit.

Kurz darauf ging es bergab, und sie ließen die Gebäude des Flughafens von St. Just, die letzte Bastion der Zivilisation, hinter sich. Sie fuhren durch ein grünes Tal mit weit verstreuten Bauernhäusern. Die Weiden waren mit grauen Steinmauern eingefaßt. Das Sträßchen wurde zur Fahrspur und merklich steiler. Die See versteckte sich hinter sanft abfallenden Hügeln.

Schließlich wurde die Fahrspur zu einem steinigen Holperpfad. An einem Bauernhaus entdeckte Sarah den Wegweiser *Nach Clougy*.

Jon mußte sehr vorsichtig fahren. Von der See her wehte eine leichte Brise. Das hohe Gras zu beiden Seiten des Pfades wiegte sich im Wind. Der Himmel war tiefblau und wolkenlos.

»Hier ist das Wasserrad«, flüsterte Jon kaum hörbar, »und dort liegt Clougy.«

Der Pfad wurde wieder ein wenig breiter und endete in einer Zufahrt. Als Jon den Motor abstellte, hörte Sarah das Wasser, das über das stillgelegte Mühlrad stürzte.

»Wie ruhig es hier ist«, stellte Sarah fest. »Wie friedlich nach dem Trubel von London.«

Jon war schon ausgestiegen und ging auf das Haus zu. Sie folgte ihm, blieb dann aber stehen und sah sich erst einmal um.

Sie blickte auf einen tiefgrünen, nicht sehr großen Rasenplatz mit Schwingsitzen an einer Seite. Der kleine Garten war von Rhododendronbüschen eingefaßt, und ein paar Bäume hatten durch den ständigen Seewind bizarre Formen angenommen. Vor ihr stand das gelbe Haus mit den weißen Fensterläden.

Ein Vogel sang, eine Grille zirpte, und das Wasser rauschte. Sonst war es totenstill.

»Sarah!« rief Jon.

Fast verzaubert von der Stille und dem Frieden ging sie langsam weiter, bis sie entdeckte, daß er im Schatten der Veranda auf sie wartete.

Sie fühlte sich klein und verletzlich, als sie den besonnten Fahrweg überquerte, denn sie sah, daß er nicht allein war. Sie fühlte sich wehrlos, als ein Ausstellungsstück, das unbarmherzig von kritischen Richtern begutachtet wurde.

Wie lächerlich!

Ihr goldenes Haar schimmerte. Sarah sah die weit auseinanderliegenden Augen, den Bogen des schönen Mundes.

Unentschlossen blieb sie stehen und wartete auf Jon. Sie spürte die unendliche Stille der Landschaft und wartete auf etwas, das jenseits ihres Verstehens lag.

Jon lächelte die Frau an. Er sagte kein Wort, aber das spielte keine Rolle. Und plötzlich fiel es Sarah auf, daß die beiden, solange sie in Hörweite war, kein Wort gewechselt hatten. Ob Jon seine Kusine wohl geküßt hatte? Ob sie einander wohl in die Arme gefallen waren?

In diesem Augenblick trat die Frau aus dem Schatten in das volle Sonnenlicht.

»Hallo, Sarah«, sagte sie. »Ich freue mich so, daß ihr gekommen seid. Willkommen in Clougy, meine Liebe! Ich hoffe, du wirst dich hier sehr glücklich fühlen.«

6

Das Schlafzimmer war buchstäblich mit Sonne gefüllt. Sarah ging zum Fenster.

In der Bucht unter ihr schimmerte das von grünen Hügeln eingerahmte Wasser. Sie hielt den Atem an, weil der Anblick so bezaubernd schön war. Sie freute sich, gekommen zu sein, und schämte sich jetzt ihrer mißtrauischen Gedanken.

»Hast du alles, was du brauchst?« fragte Marijohn und war ganz fürsorgliche Gastgeberin. »Sag es, bitte, falls noch etwas fehlt. Das Abendessen ist in etwa einer halben Stunde fertig, und wenn du baden willst – es ist genügend heißes Wasser da.«

»Oh, danke sehr«, antwortete Sarah lächelnd.

Jon kam gerade den Korridor entlang, als Marijohn das Zimmer verließ.

»Wann gibt es Abendessen?« fragte er. »In einer halben Stunde, ja?«

Marijohn mußte wohl genickt haben, denn Sarah hörte sie nicht sprechen.

»Wir kommen hinunter, sobald wir fertig sind.«

Er kam in das Schlafzimmer, schloß die Tür hinter sich, gähnte herzhaft und streckte sich behaglich wie eine Katze.

»Nun?« fragte er dann, »gefällt es dir hier?«

»O ja, es ist wunderschön hier, Jon«, antwortete sie lachend.

Er schlüpfte aus den Schuhen, zog das Hemd über den Kopf und streifte die Hosen ab. Genießerisch legte er sich auf das Bett.

»Was soll ich denn zum Abendessen anziehen?« fragte sie. »Wird sich Marijohn umziehen?«

»Ich weiß es nicht«, antwortete er. »Ist es wichtig?«

Dann schwieg er, und seine Finger glitten glättend über das frische Leinen. Das Schweigen bedrückte sie. Fast hatte sie vergessen, wie seine Abstandslaune sie immer deprimiert hatte.

»Komm zu mir!« sagte er plötzlich.

Sie zuckte unwillkürlich zusammen.

»Du lieber Himmel, was hast du denn? Bist du so erschrokken? Warum denn nur?«

»Oh, es ist nichts, Jon. Wirklich nichts.«

Er zog sie zu sich auf das Bett und küßte sie. Seine Hände taten ihr weh. Sie wollte ihm nicht angehören, solange er in dieser Abstandslaune war. Sie brauchte es auch nicht, denn ganz unvermittelt stand er auf, öffnete einen Koffer und leerte den ganzen Inhalt auf den Boden.

»Was suchst du denn, Lieber?« fragte sie.

Er hob die Schultern. Schließlich nahm er ein Hemd und zog es an.

»Du mußt schrecklich müde sein von dieser langen Fahrt«, meinte er.

»Ein wenig.«

Sie schämte sich, wußte aber nicht, wie sie das erneute Schweigen überbrücken sollte.

»Sex interessiert dich noch immer nicht sehr, was?« fragte er dann plötzlich unvermittelt.

»Doch«, erwiderte sie leise und war nahe am Weinen. »Es ist nur alles noch ziemlich neu für mich, und ich mag es eben nicht, wenn du mir weh tust.«

Er schwieg, wusch sich und zog dann frische Hosen an. Tränenblind kramte sie nach einem Kleid, das sie statt Rock und Bluse tragen wollte.

»Bist du fertig?« fragte er.

»Ja, fast.«

Sie wagte es nicht, sich noch mit dem Lippenstift aufzuhalten. Gerade konnte sie noch schnell über die Haare bürsten, ehe sie Jon in das Wohnzimmer nach unten folgte.

Marijohn war schon da, aber Justin blieb unsichtbar.

Sarah setzte sich. Ihre Kehle war wie zugeschnürt. Sie war sehr traurig.

»Was willst du trinken?« erkundigte sich Marijohn bei Sarah.

»Ist egal. Sherry oder einen Martini.«

»Ich habe trockenen Sherry. Willst du den? Und du, Jon?«

Jon hob die Schultern.

Du lieber Gott, was wird Marijohn denken, überlegte Sarah. O Jon!

Marijohn wartete nicht auf seine Antwort und reichte ihm ein Glas Whisky mit Soda.

»Ich habe mich gefreut, Justin hier zu haben«, sagte sie. »Es war geradezu faszinierend, ihn erneut kennenzulernen. Weißt du noch, wie wir uns seinerzeit die Köpfe zerbrachen, wem er wohl gleichsähe? Und dabei gibt es doch gar keinen Zweifel.«

Jon sah sie voll an.

»Er ist ganz wie du, Jon. Manchmal ist er mir geradezu unheimlich.«

»Er sieht mir absolut nicht ähnlich«, widersprach er.

»Das Aussehen hat doch wirklich nichts damit tun. Sarah, hier, nimm doch einen Cocktailbiskuit. Justin ist eigens nach Penzance gefahren, um sie zu besorgen. Wir müssen sie also wenigstens versuchen, Jon, und du wirst dich endlich setzen. Warum rennst du so herum? Ich bin ja vom Zuschauen schon erschöpft. Eine wunderschöne Abendstimmung heute, nicht wahr? Sicher malt Justin wieder einmal heimlich eines seiner Aquarelle. Du mußt ihn danach fragen, Jon. Sie sind nämlich wirklich gut. Mir erscheinen sie wenigstens sehr gut, aber ich verstehe ja nichts davon. Malst du, Sarah?«

»Ja«, antwortete Jon, ehe Sarah etwas sagen konnte.

Er legte seine Hand auf die ihre. Sie war glücklich, daß die Abstandslaune wieder vorüber war.

»Von den Impressionisten und Renaissancemalern kennt sie jeden und...«

»Jon, du übertreibst ja!« protestierte Sarah lachend, und da erst bemerkte sie, wie golden das Abendlicht schimmerte.

Nach dem Abendessen ging Jon mit Sarah zur Bucht hinunter, um den Sonnenuntergang zu beobachten.

Es war eine kleine, von Felsen eingeschlossene Bucht mit Kiesstrand. Jon zeigte ihr sofort die Finne eines Atlantikhais, der sich langsam die Küste entlang zum Cape Cornwall bewegte.

»Es tut mir so leid«, sagte er plötzlich.

Sie nickte zum Zeichen, daß sie ihn verstand. Dann setzten sich beide. Er legte einen Arm um ihre Schultern und zog sie an sich. »Wie gefällt dir Marijohn?« fragte er.

Sie überlegte einen Augenblick und beobachtete das wechselnde Licht auf dem Meer.

»Sie ist sehr – ungewöhnlich«, antwortete sie ein wenig unbeholfen, denn es fiel ihr nichts Besseres ein.

»Ja, das ist sie«, bestätigte er.

Es klang ruhig und zufrieden.

»Jon«, begann Sarah nach einer Weile des Schweigens, und er sah sie fragend an. »Wo ist Sophia...?«

»Nicht hier«, antwortete er sofort. »Weiter südlich an den Klippen, die nach Sennen führen. Die Klippen sind dort ziemlich flach und sandig. Man hat im letzten Krieg Stufen in den Fels gehauen, die nun zu den flachen Felsplatten hinunterführen. Aber keine Angst, dorthin gehe ich nicht mit dir.«

Die Sonne verschwand am Horizont. Sie blieben noch eine Weile und ließen sich von der See verzaubern. Erst als es fast ganz dunkel war, kehrten sie zum Haus zurück.

Marijohn kam ihnen ein Stück entgegen.

»Max hat angerufen, Jon. Er sagt, du hättest ihn für ein paar Tage nach Clougy eingeladen.«

»Ja, das habe ich. Als ich ihn in London traf, erwähnte er, er müßte eine Tante in Cornwall besuchen, und da sagte ich ihm, vielleicht wäre ich um diese Zeit in Clougy. Du lieber Himmel, das ging mir gerade noch ab, daß Max mit irgendeinem verdammten Weib im neuesten Rennwagen aufkreuzt! Hat er seine Telefonnummer angegeben?«

»Ja. Er hat von Bude aus angerufen.«

»Wahrscheinlich werde ich ihn ja zum Abendessen einladen müssen – oder über Nacht. Nein, ich mag nicht. Mir reichen seine ewigen Weibergeschichten noch von damals.«

»Vielleicht kommt er allein.«

»Max und allein? Lächerlich! Er wüßte ohne Frau doch gar nichts mit sich selbst anzufangen.«

»Er hat aber nichts von einer Frau gesagt.«

»Sag mal«, fragte Jon, »willst du ihn heiraten?«

»Du hast ihn doch in London eingeladen. Ich sehe nicht ein, wie du jetzt sagen kannst, er soll sich zum Teufel scheren.«

»Ich kann tun, was mir paßt«, erklärte Jon. »Sarah, ich habe dir doch von Max erzählt, ja? Hast du etwas dagegen, wenn er morgen zum Abendessen kommt und hier übernachtet? Nein? Wirklich nicht? Gut. Dann soll er eben kommen. Aber ich glaube, du bist müde. Geh zu Bett, ja? Ich rufe Max lieber gleich an, solange ich noch in einigermaßen gastfreundlicher Laune bin.«

Sarah war froh, daß sie zu Bett gehen konnte, denn sie war tatsächlich sehr müde. Als sie oben in der Diele einen Augenblick stehenblieb und hinuntersah, bemerkte sie, daß Marijohn lächelnd zu ihr hinaufblickte. Gleich darauf ging sie ins Wohnzimmer zurück zu Jon.

Sarah blieb stehen. Sie wußte selbst nicht, warum. Dann huschte sie leise die Treppe hinab, ging auf Zehenspitzen zur geschlossenen Wohnzimmertür und lauschte.

Jon war nicht am Telefon.

»Eine Sache ist mir noch immer rätselhaft«, hörte sie ihn sagen, und sie schämte sich entsetzlich, weil sie lauschte. »Dieser anonyme Anruf am Tag meiner Ankunft in London, daß ich Sophia ermordet hätte. Wer könnte es nur gewesen sein? Michael, Max oder Eve? Aber dann hätte doch eigentlich eine Erpressung folgen müssen. Sonst war der Anruf doch sinnlos.«

Eine lange Pause.

»Was meinst du?« fragte Jon scharf.

»Ich versuchte, es dir vor dem Abendessen zu sagen.«

Erneutes Schweigen.

»Nein«, sagte Jon endlich. »Das glaube ich nicht. Es kann nicht sein. Du meinst doch nicht...?«

»Doch«, antwortete Marijohn, und ihre Stimme schien von weither zu kommen. »Es war Justin.«

7

Justin verpackte eben sein Malgerät, als er vom Haus her Klavierspiel hörte. Als er näher kam, brach die Musik ab, und eine Terrassentür öffnete sich mit einem Klicken. Er sah eine Gestalt aus den Schatten der Rhododendronbüsche treten. Automatisch und ohne zu zögern huschte Justin hinter einen Felsen. Schritte näherten sich. Justin verbarg sein Malgerät hinter einem Felsbrocken und wartete.

»Ah, hier bist du!« sagte Jon und trat aus der Dunkelheit. »Ich dachte mir schon, du könntest hier gemalt haben.«

»Nein, ich bin spazierengegangen.«

Justin starrte auf das Meer hinaus. Sein Vater setzte sich neben ihm auf einen Stein und nahm sein Zigarettenetui heraus.

»Justin, ich möchte dich etwas fragen. Kann ich auf eine ehrliche Antwort rechnen?«

»Natürlich«, erwiderte Justin, und seine Handflächen wurden schweißfeucht.

»Erinnert dich dieser Platz hier zu sehr an deine Mutter?«

»Meine Mutter?«

Seine Stimme klang ein wenig überrascht, aber seine Augen

sahen plötzlich nicht mehr die nachtdunkle See vor sich, sondern die Schüssel mit den Kirschen, und er hörte, wie eine Frauenstimme ungeduldig sagte: »Aber Justin, du wirst zu fett!«

Er räusperte sich. »Ja, ein bißchen erinnert er mich an sie, aber nicht so, daß es mich stören würde. Ich bin froh, daß ich gekommen bin. Mir war, als käme ich nach langer Zeit in der Fremde wieder nach Hause.«

»Du hast deine Mutter sehr geliebt, nicht wahr?«

Justin schwieg.

»Ich wußte nicht«, sagte Jon, »daß du mich für ihren Tod verantwortlich machtest.«

Entsetzen überfiel Justin. Er stemmte seine Handflächen auf die Steine neben sich und starrte blicklos auf den Boden.

»Was ist los, Justin?« fragte sein Vater leise. »Warum hast du geglaubt, ich hätte sie ermordet? Hast du etwas gehört? Hast du uns vielleicht einmal streiten gehört?«

Justin schüttelte den Kopf.

»Was dann? Warum?«

»Ich...«

Er hob die Schulter und war froh, daß die Dunkelheit seine Tränen verbarg.

»Ich – weiß es nicht.«

»Aber du mußtest doch einen Grund haben. Ohne Grund hättest du mich nicht angerufen.«

»Ich habe dich gehaßt, weil du nicht geschrieben hattest, weil ich glaubte, du würdest nicht einmal jetzt, wo du doch in London warst, mit mir Kontakt aufnehmen. Aber jetzt ist alles anders.« Er holte tief Atem. »Es tut mir leid. Ich meinte es nicht so.«

Jon dachte nach und schwieg.

»Woher weißt du, daß ich angerufen habe?« fragte Justin.

»Marijohn hat es vermutet. Sie sagt, du bist mir so ähnlich, daß sie dich gut verstehen könnte.«

»Das begreife ich nicht, denn ich bin dir absolut nicht ähnlich.«

Sie schwiegen lange.

»Als ich zehn war«, erzählte Jon später, »machte mein Vater einen seiner seltenen Besuche in London. Aus der Zeitung erfuhren wir, daß er kam, denn seine Expeditionen waren ziemlich berühmt. Meine Mutter sagte den ganzen Abend über, er würde sich bestimmt nicht die Mühe machen zu kommen. Daraufhin schickte ich ein Telegramm in sein Hotel und teilte ihm mit, ich sei tot. Du kannst dir das Chaos vorstellen, das sich daraus ergab. Meine Mutter weinte und sagte, sie könnte sich nicht vorstellen, wer so grausam sein kann, einen so makabren Witz zu machen, und mein Vater legte mich kurzerhand übers Knie und schlug mich windelweich. Das habe ich ihm nie verziehen. Ich hätte das Telegramm nie geschickt, wenn er mich nicht so vernachlässigt hätte. Er hat mich im Grunde nur für seine eigenen Versäumnisse bestraft.«

Justin schluckte hart. »Du hast mich aber nicht vernachlässigt.«

»Doch. Ich hätte es nicht aufgeben dürfen, als du meine Briefe nicht beantwortetest. Sag, Justin, warum hast du geglaubt, ich hätte deine Mutter ermordet?«

»Ich – weiß, daß sie dir nicht – treu war.«

Er schloß die Augen, um die Gefühle, die ihn vor zehn Jahren beherrscht hatten, wieder ins Leben zu rufen.

»Ich wußte, daß ihr Streit hattet. Darum konnte ich euch beide nicht mehr zugleich richtig lieben. Es war wie in einem Krieg, in dem man sich für eine Seite entscheiden muß. Ich entschied mich für dich, denn du hattest immer Zeit für mich, warst stark und gut zu mir, und ich bewunderte dich mehr als sonst irgend etwas auf der ganzen Welt.

Damals, als sie starb, machte ich dich nicht für ihren Tod verantwortlich. Und ich dachte, ich könnte dir meine Loyalität am besten dadurch beweisen, daß ich zu dir hielt. Als du dann nach Kanada gingst und ich so lange nichts von dir hörte, begann ich allmählich zu glauben, ich hätte falsch geurteilt, und allmählich haßte ich dich. Deshalb rief ich dich im Hotel an, als du nach London kamst.«

»Aber Justin, ich habe deine Mutter nicht getötet! Es war ein Unfall. Das mußt du mir glauben, denn es ist die Wahrheit.«

Justin drehte ihm langsam das Gesicht zu.

»Warum hast du geglaubt, ich hätte sie getötet, Justin?«

Die Nacht war still. Die beiden Menschen saßen bewegungslos da.

Einen Augenblick hatte Justin den geradezu verzehrenden Wunsch, die Wahrheit zu erzählen, aber die sich selbst anerzogene Verschlossenheit ließ es nicht zu. Er hob die Schultern und sah wieder auf die dunkle See hinaus.

»Ich dachte«, erklärte er ausweichend, »du müßtest sie so gehaßt haben, daß du sie in den Tod gestoßen haben könntest. Ich wußte, daß ihr sehr viel Streit hattet, und ich war damals nur ein verwirrtes Kind, das gar nichts begriff.«

Stimmte es, daß sein Vater darüber erleichtert schien? Der Zweifel hatte Justins Sinne geschärft. Ich muß es wissen, sagte er sich. Ich muß die Wahrheit finden, ehe ich nach Kanada gehe.

»Gehen wir ins Haus zurück?« schlug er vor. »Es wird kühl, und ich habe keine Jacke dabei. Marijohn und Sarah werden sich wundern, wo wir stecken.«

8

Sarah gab vor zu schlafen, als Jon gegen halb zwölf heraufkam. Er schlüpfte ins Bett und seufzte müde.

Am liebsten hätte Sarah ihn in die Arme genommen und ihn gefragt: »Jonny, warum hast du mir von diesem anonymen Anruf nichts erzählt? Und warum bist du, nachdem Marijohn gesagt hatte, daß Justin angerufen haben muß, ans Klavier gegangen und hast jenes Mozartsche Rondo gespielt, von dem ich weiß, daß du es nicht magst? Du hättest mit Marijohn darüber sprechen müssen. Es ist alles so seltsam, so rätselhaft. Ich möchte dich so gern verstehen, dir so gerne helfen –«

Aber sie sagte nichts, denn sie hätte sonst ja zugegeben, daß sie gelauscht hatte. Und außerdem war Jon sofort eingeschlafen.

Klavierspiel weckte sie. Es war schon neun Uhr vorbei. Als sie über den Korridor ins Bad ging, hörte sie, daß er wieder dieses Mozart-Rondo spielte.

Sie beeilte sich mit dem Bad, zog kurze Hosen und eine Bluse an und ging hinunter in das Musikzimmer.

Jetzt spielte er das Menuett aus der 39. Symphonie, aber durch sein Spiel ähnelte es einer Burleske.

»Hallo!« rief sie. »Seit wann liebst du Mozart?«

Sie küßte ihn auf die Stirn. Dann sah sie auf und bemerkte Marijohn auf dem Fensterplatz.

Jon gähnte und ging von klassischer Musik zu einem modernen Musical über.

»Das Frühstück ist fertig, Liebling«, sagte er beiläufig. »Justin ist im Eßzimmer. Er wird dir alles zeigen.«

Sarah wußte nicht recht, warum sie sich unbehaglich, fast genarrt fühlte. Das unbehagliche Gefühl warf einen Schatten auf den Morgen. Ja, sie fühlte sich bedrückt.

Sie betrat das Speisezimmer und wußte, daß sie keinen Hunger hatte.

»Guten Morgen«, sagte Justin. »Hast du gut geschlafen?«

»Ja«, log sie. »Sehr gut sogar.«

Sie setzte sich und sah zu, wie Justin ihr Kaffee eingoß. In diesem Augenblick fiel ihr wieder der anonyme Anruf ein, in dem Justin seinen Vater beschuldigt hatte, seine Mutter ermordet zu haben.

»Auf der Heizplatte stehen Würstchen und Eier. Willst du nicht etwas Warmes essen?« fragte Justin höflich.

»Nein, danke.«

Jon ging vom Musical zu Chopin über.

»Wirst du heute vormittag malen?« fragte Sarah Justin.

»Ich weiß es noch nicht. Vielleicht.« Er sah von seiner Zeitung auf und rührte seinen Kaffee um. »Warum?«

»Ich dachte, ich könnte vielleicht selbst auch einen Versuch machen«, erklärte sie und strich Marmelade auf ihren Toast. »Und ich wollte dich um Rat fragen, wo ich die besten Sujets für Aquarelle finde.«

»Ah, ich verstehe.« Er zögerte ein wenig. »Und was ist mit meinem Vater?«

»Ich glaube, er legt einen musikalischen Tag ein.«
Justin nickte.

»Spielt Marijohn auch Klavier?«

»Nein, ich glaube nicht.«

»Aber das Instrument ist sehr gut gestimmt.«

»Ja. Sie wußte doch, daß er kommen würde.«

»Bis gestern nachmittag wußte er es nicht sicher.«
Er sah sie an.

»Oh, sie wußte es schon länger! Sie ließ ja eigens einen Mann von Penzance kommen, der vergangene Woche das Klavier stimmte.«

Das Gefühl der Unbehaglichkeit schmerzte allmählich. Sarah mußte sich zur Ruhe zwingen, um den Kaffee nicht zu verschütten, denn ihre Hand zitterte, als sie die Tasse zum Mund führte.

Dann hörte das Spiel auf. Schritte kamen den Korridor entlang. Im nächsten Augenblick betrat Jon das Eßzimmer.

»Wie geht es dir, mein Liebling?« fragte er, küßte sie lächelnd und trat an das Fenster, um in den Garten hinauszuschauen. »Was hast du für heute vor? Etwas Besonderes?«

»Nein, ich dachte, ich könnte vielleicht ein bißchen malen, aber...«

»Wunderbar! Laß dich von Justin mitnehmen. Marijohn muß in Penzance einkaufen, und ich habe versprochen, sie hinzufahren. Oder willst du mitkommen? Das Städtchen wird von Touristen überfließen und sehr laut sein. Bleib du besser hier und tu, was du magst, ja?«

Er lächelte sie an.

»Gut, Jon.«

»Fein. Justin, du gibst auf sie acht und benimmst dich wie ein Musterknabe, ja?« Er ging zur Tür. »Marijohn?«

Aus der Küche gab Marijohn Antwort. Jon schloß die Tür hinter sich und ging zur Rückseite des Hauses, zur Küche.

»Willst du noch Kaffee?« fragte Justin.

Sarah schüttelte den Kopf.

Justin stand auf. »Entschuldige mich, bitte. Ich richte mein Malgerät her. Wann willst du weggehen?«

»Oh – ist eigentlich egal. Wann du willst.«

»Ich sage dir, wenn ich soweit bin.«

Sie trödelte noch eine Weile mit dem Frühstück herum, ehe sie nach oben ging, um ihr Malgerät aus einem der Koffer auszupacken. Da rief Jon herauf: »Wir fahren jetzt, Liebes. Willst du wirklich hier bleiben?«

»Ja. Ich bin gleich fertig.«

»Na, dann viel Vergnügen!«

Türen fielen zu, ein Motor heulte auf, Reifen knirschten auf dem Kies.

Sie ging hinunter. Im Wohnzimmer fand sie Justin in korrekter englischer Sportskleidung. Er war für sie immer noch ein Fremder.

»In welche Richtung willst du denn gehen?« fragte er. »Wir können Marijohns Wagen nehmen und nach Sennen, Cape Cornwall oder zum Kenidjack Castle fahren. Um Kenidjack gibt es wundervolle Sujets. Würde dir das gefallen!«

»Ja, das klingt sehr verlockend«, antwortete sie.

Sie sprachen nicht viel auf der Fahrt nach Kenidjack. Am Ende der Straße parkten sie hoch oben auf den Klippen den Wagen und kletterten an den Hängen herum, um die besten Ausblicke auf die ungemein reizvolle Landschaft zu finden. Die See war tiefblau. Dort, wo der Klippenpfad sich steil um die Felsen wand und die verwitterten Steine der alten Mine vor ihnen lagen, waren die Lichtverhältnisse besonders gut.

Keuchend von der Anstrengung setzte sich Sarah. Die Schönheit des Ausblicks begeisterte sie.

»Ich habe Limonade und Kekse mitgenommen«, sagte Justin, der auf seine Fürsorglichkeit stolz war. »Es war ziemlich anstrengend, nicht wahr?«

Schweigend tranken sie ein wenig Limonade.

»Für Hunde muß das hier ein Paradies sein«, meinte Sarah nach einer Weile. »Jede Menge Platz, um herumzurennen und Hasen zu jagen.«

»Wir hatten auch einen Hund. Einen Schäferhund. Er hieß Flip. Das ist eine Abkürzung für Philip. Er wurde nach dem Herzog von Edinburgh benannt. Meine Mutter war, wie die meisten Fremden, eine ergebene Verehrerin des Königshauses. Aber leider ließ ihn meine Mutter dann einschläfern, weil er eines ihrer besten Cocktailkleider zu Fetzen zerrissen hatte. Ich weinte die ganze Nacht hindurch. Als mein Vater nach Hause kam, gab es deswegen einen sehr heftigen Streit.« Justin packte ein Skizzenbuch aus. »Ich habe jetzt keine Lust für Aquarelle. Vielleicht mache ich eine Kohleskizze als Vorlage für ein Ölbild.«

»Darf ich ein paar deiner Sachen sehen?«

Er zögerte. »Sie werden dir kaum gefallen. Anderen als Marijohn habe ich sie bisher nie gezeigt. Aber sie ist ja auch anders.«

»Warum ist Marijohn anders?« fragte Sarah.

»Nun ja, sie ist eben anders als andere Menschen. Das hier ist die Bucht. Du wirst sie kaum erkennen.«

Sarah hielt den Atem an. Er wurde blutrot.

Das Bild war ein Wirbel aus Grau und Grün, der Himmel von Sturmwolken zerrissen, der Fels dunkel und zerklüftet wie ein Tiermonstrum aus einem Alptraum. Es strahlte eine wilde Kraft aus und war zugleich von bestürzender Schönheit.

Das war Jon, wenn er Rachmaninoff spielte. Könnte Jon malen, dann würden seine Bilder ebenso aussehen.

»Es ist sehr gut, Justin«, sagte sie ehrlich überzeugt. »Ich weiß nicht, ob ich es mag, aber es ist ungewöhnlich und eindrucksvoll. Kannst du mir sonst noch etwas zeigen?«

Er legte ihr noch drei weitere Blätter vor. Seine Ohren waren hochrot vor Freude. Er erzählte, daß er schon als Schuljunge mit diesem Hobby begonnen hätte.

»Aber Zahlen sind meine eigentliche Leidenschaft«, berichtete er.

Sie sah ihn fragend an.

»Mathematik, Kalkulationen und so weiter. Deshalb bin ich auch ins Versicherungsgeschäft gegangen. Aber es ist leider ziemlich langweilig.«

Jon hatte auf die gleiche Art von seiner ersten Stellung in der City erzählt, fast mit gleichen Worten. Auch die Handbewegungen Justins erinnerten sie an Jon.

»Du bist ganz anders, als ich gedacht habe«, sagte er unvermittelt, ohne aufzusehen. »Und ganz anders als die Leute, die immer nach Clougy kamen.«

»Und wahrscheinlich auch ganz anders als deine Mutter«, sagte sie und beobachtete ihn.

»O ja«, gab er zu. »Selbstverständlich.« Er begann zu zeichnen. »Meine Mutter hatte keine Interessen oder Hobbys. Ihr war leicht langweilig, und die Wochenendpartys waren das, wofür sie eigentlich lebte. Meinem Vater lag nichts an diesen Partys. Er ging lieber mit mir spazieren. Sie kochte exotische Menüs und veranstaltete mitternächtliche Schwimmpartys in der Bucht.«

»Es waren auch Gäste hier, als sie starb?«

»Ja. Onkel Max kam am Freitagabend aus London. Er hatte einen neuen Wagen, den er vorführen wollte. Er nahm mich auf eine Fahrt mit. Kennst du Onkel Max?«

»Nein. Ich habe ihn noch nicht kennengelernt.«

»Er und mein Vater lachten immer viel zusammen. Meine Mutter hielt ihn für einen Langweiler. Sie war nur an sehr gutaussehenden Männern interessiert und behandelte alle Männer, die nicht wie ein Omnibusheck aussahen, ausgesprochen schlecht. Onkel Max war sehr häßlich, aber er hatte trotzdem immer viele Freundinnen. Meine Eltern überlegten jedesmal: Wen wird Max diesmal mitbringen? Natürlich hatte er jedesmal ein anderes Mädchen dabei. An dem Morgen, als Max erwartet wurde, hatten sie sich auf eine kleine Rothaarige mit wasserblauen Augen geeinigt. Aber es kam eine große, schlanke, sehr elegante Blondine, die Eve hieß. Ich mochte sie nicht, weil sie mich einfach übersah.«

Er schlug das Skizzenbuch zu, setzte seine Sonnenbrille auf und lehnte sich an einen grasigen Buckel, um in den Himmel hinaufzusehen.

»Onkel Michael kam mit Marijohn. Sie hatten, glaube ich, geschäftlich in Cornwall zu tun gehabt. Onkel Michael war Marijohns Mann. Ihn nannte ich Onkel, sie aber nie Tante, ich weiß auch nicht, weshalb. Er war nett, aber anders als Onkel Max. Leute wie er lesen in der U-Bahn die *Times*. Manchmal spielte er auf dem Rasen mit mir Kricket. Und Marijohn... Um ehrlich zu sein, ich mochte sie damals nicht besonders, vielleicht weil sie nie für mich Interesse zeigte. Aber jetzt ist das anders. In den vergangenen beiden Wochen war sie reizend zu mir, und jetzt mag ich sie sehr gern. Vor zehn Jahren mochte niemand Marijohn, nur mein Vater. Onkel Max ging ihr immer aus dem Weg, und Eve, die große Blonde, redete kein Wort mit ihr, weil Marijohn viel schöner war als sie. Onkel Michael liebte sie natürlich, küßte sie vor den anderen Leuten und hatte immer ein besonderes Lächeln für sie. Du weißt ja, was man als kleiner Junge so bemerkt. Das waren alle Gäste an jenem Freitagabend. Vierundzwanzig Stunden später war meine Mutter tot.«

Sie hörten die Brandung, und die Möwen kreischten. Eine sanfte Brise streichelte sie.

»Und war es eine nette Party?« fragte Sarah.

»Nett?«

Justin richtete sich auf und stützte sich auf einen Ellbogen.

»Schrecklich war sie. Alles ging schief. Onkel Max stritt mit der großen Blonden. Daraufhin sperrte sie sich im Schlafzimmer ein, und Onkel Max stieg in seinen Wagen, um sich seinen Zorn von der Seele zu fahren. Da erschien meine Mutter. Sie wollte, er sollte sie nach St. Ives mitnehmen, wo sie frischen Schellfisch kaufen wollte. Aber damit war mein Vater nicht einverstanden, und der nächste Streit war fällig. Sie fuhr aber trotzdem. Mein Vater ging dann mit mir zu den Klippen.

Er redete kein Wort. Bald kam uns Marijohn nach, und mein Vater schickte mich zum Haus zurück, um zu fragen, wann das Mittagessen fertig wäre. Wenn wir Gäste hatten, war immer ein Mädchen zur Hilfe da. Als ich zum Haus kam, suchte Onkel Michael gerade nach Marijohn. Ich sagte ihm, wo sie war. Dann ging ich wieder hinunter zum Strand. Mein Vater kam mir entgegen, nahm mich mit zurück und setzte sich ans Klavier. Er spielte sehr lange. Das wurde mir langweilig, und ich verzog mich in die Küche. Damals hatte ich ständig Hunger.

Kurze Zeit später kamen Onkel Michael und Marijohn zurück und schlossen sich im Wohnzimmer ein. Ich sah durchs Schlüsselloch und versuchte zu lauschen, hörte aber nichts. Mein Vater, der mich erwischte, wurde furchtbar wütend und vertrimmte mich. Daraufhin flüchtete ich zur Bucht.

Meine Mutter und Onkel Max kamen nicht zum Mittagessen, und zu Eve mußte ich ein Tablett hinauftragen. Eine Stunde später hatte sie es noch nicht angerührt, und ich setzte mich auf die Treppe und aß alles auf.

Meine Mutter kam mit Onkel Max zum Tee zurück. Ich hatte Angst, weil ich mit einem schrecklichen Streit rechnete. Aber es geschah nichts. Die Stimmung war merkwürdig. Ich kann sie gar nicht beschreiben. Vater spielte Klavier, und Marijohn war bei ihm, soviel ich mich erinnere. Onkel Michael war zum Fischen gegangen.

Nach dem Tee ging meine Mutter mit Onkel Max an die Bucht hinunter zum Baden. Und noch immer geschah nichts. Ich folgte ihnen, aber meine Mutter schickte mich weg. So schloß ich mich Onkel Michael an. Wir unterhielten uns eine Weile. Später ging ich zum Haus zurück und holte mir etwas aus der Speisekammer, weil ich nicht wußte, ob ich mit den Großen essen durfte.

Endlich kam dann auch Eve herunter und fragte nach Onkel Max. Ich sagte, er wäre mit Mutter beim Schwimmen, woraufhin sie zur Bucht spazierte.

Um acht gab es Abendessen. Meine Mutter kochte sehr gut.

Es gab Seezungenfilet mit Hummer garniert, Krabben und Garnelen. Ich nahm mir dreimal. Sonst aß kaum jemand etwas. Eve war wieder in ihrem Zimmer. Meine Mutter redete praktisch als einzige, aber schließlich verstummte auch sie. Und dann...«

Er schwieg und blieb bewegungslos sitzen. Die Hände hatte er flach auf die Erde gelegt.

»Ja, was war dann?«

»Dann redeten Marijohn und mein Vater; hauptsächlich über Musik. Ich verstand kein Wort, die anderen anscheinend auch nicht. Meine Mutter wollte mich zu Bett schicken. Ich versprach, beim Geschirrspülen zu helfen. Das war immer meine Ausrede, um länger aufbleiben zu können. Ich ging dann sofort zur hinteren Küchentür wieder hinaus. An diesem Abend erlaubte meine Mutter es aber nicht, und Onkel Michael brachte mich hinauf. Ich warf von der Treppe aus noch einen Blick zurück und sah, daß mein Vater in einen roten Pullover schlüpfte, als wollte er noch weggehen.

›Was guckst du denn?‹ fragte Onkel Michael.

Ich wollte ihm nicht sagen, daß ich heimlich aufstehen wollte, um ihn am Strand zu suchen.

Onkel Michael las mir eine Geschichte vor. Als er ging, war ich noch lange wach und hörte den Plattenspieler unten. Ich glaube, es war eine Sinfonie. Als die Musik aufhörte, beschloß ich, zu den Felsen hinunterzugehen. Ich stand auf und zog mich an.

Der Mond stand schon hoch am Himmel. Es war bereits ziemlich spät. Plötzlich sah ich einen Schatten auf der Zufahrt. Ich huschte hinaus und folgte ihm.

Mir war unheimlich, als jemand vom Strand her auf mich zukam, und ich versteckte mich hinter einem Felsen.

Es war Eve. Sie atmete schwer, als wäre sie gerannt und hätte geweint. Gesehen hat sie mich nicht.«

Er schwieg und spielte mit dem kurzen Gras. Dann nahm er seine Sonnenbrille ab. Sarah bemerkte den düsteren Ausdruck in seinen dunklen Augen.

»Ich ging den Klippenpfad entlang. Ein ganzes Stück. Aber der Schatten, dem ich folgte, hatte zu viel Vorsprung, und der Lärm der See hätte meine Stimme übertönt. Einmal mußte ich auch noch stehenbleiben, um Atem zu holen. Dabei schaute ich mich um und sah jemanden, der mir folgte. Ich versteckte mich im Farnkraut. Die andere Person ging vorbei.«

Die zauberhafte Stille des Sommermorgens schloß sie ein, und sie schwiegen ziemlich lange.

»Wer war das?« fragte Sarah schließlich beklommen.

»Meine Mutter«, antwortete Justin. »Ich sah sie nie wieder.«

9

Als sie nach Clougy zurückkehrten, stand der Wagen in der Zufahrt, aber das Haus schien leer zu sein. In der Küche brutzelte etwas im Bratrohr, und auf dem Herd standen zwei Töpfe. Auf dem Tisch lag ein Blatt Papier.

»Justin!« rief Sarah.

Justin packte sein Malgerät weg und meldete sich mit einem: »Ja?«

»Marijohn bittet dich, von der Farm Milch zu holen.«

Sarah legte den Zettel zurück und ging in die Halle hinaus. In diesem Augenblick kam Justin die Treppe herunter.

»Wo sie wohl sind?« sagte Sarah.

Er sah nach, ob er genügend Geld eingesteckt hatte.

Vielleicht sind sie zum Strand gegangen«, meinte sie.

»Möglich.« Er schob den Geldbeutel wieder in die Tasche. »Willst du mitkommen zur Farm?«

»Nein, ich gehe zum Strand und sage ihnen, daß wir zurück sind.«

Er nickte und trat in den Sonnenschein hinaus. Der Kies knirschte unter seinen Füßen. Sarah folgte ihm ein Stück und bog dann zur Bucht ab. Nur das Rauschen des Wassers, das über das stillstehende Mühlrad stürzte, war zu hören. London schien tausend Meilen entfernt zu sein.

Der Pfad teilte sich nach einer Weile. Eine Spur führte zu den Klippen hinauf, die andere zur Bucht hinab. Langsam ging sie hügelabwärts und näherte sich der brandenden See und dem Kreischen einer einzelnen Möwe.

Die Einsamkeit war vollkommen. Am Strand blieb sie stehen und suchte die Felsen ab, aber weder Jon noch seine Kusine waren zu sehen. Sie kletterte ein Stück die Klippe hinauf, um einen besseren Blick über die Bucht zu haben. Es war Ebbe. Die Felsbrocken weit draußen lagen frei.

Sie ging um einen großen Felsen herum, von wo aus sie die Bucht nicht mehr sehen konnte. Der Pfad schlängelte sich durch dichtes Heidekraut. Unter ihr lagen die Felsen, unzählige Felsbrocken; die einen riesig, die andern klein, bizarr, rundgewaschen und seltsam aufeinandergetürmt, als würde eine unsichtbare Hand sie festhalten.

Der Pfad teilte sich dann erneut. Ein Weg verlief in gleicher Höhe weiter, der andere führte über die Klippen zum Strand hinunter.

Sarah blieb stehen. Hier waren die Felsen größer, glatter, flacher. Eine Art Treppe reichte bis ans Wasser heran. Kleine Tümpel und winzige Zuflüsse spiegelten den blauen Himmel wider, und die sanften Wellen spülten zärtlich über die Felsen und kleinen Tanglagunen.

In diesem Augenblick bemerkte sie Jons rotes Hemd. Es lag auf den Felsen zum Trocknen und war mit Kieselsteinen beschwert, damit der Wind es nicht ins Wasser wehen konnte.

Vorsichtig ging sie weiter. Die Klippe war nicht sehr steil und auch nicht hoch, aber Sarah mußte erst ihren Weg erkunden. Eine der Stufen fehlte, eine andere schien lose zu sein. Der Sand zeigte keine Fußspuren.

Und plötzlich wurde sie zornig.

Hier war Sophia also gestorben, dachte sie. Das waren die Flat Rocks. Und Jon war hierher zurückgekommen, war absichtlich dorthin zurückgekehrt, wo seine Frau starb. Und Marijohn hatte ihn dazu verleitet. Er wäre nicht nach Clougy gegangen, wenn er nicht sie hätte sehen wollen. Jon hatte ihr gesagt, wie sehr er das Haus geliebt hatte; aber das war eine Lüge gewesen. Er war zurückgekehrt, um Marijohn wiederzusehen. Aus keinem anderen Grund. Ihre Wangen brannten, und Tränen stiegen ihr in die Augen.

Warum weine ich? fragte sie sich. Warum bin ich so unglücklich? Warum bin ich so davon überzeugt, daß Jon nicht Clougy, sondern nur seine Kusine besuchen wollte? Und warum sollte er sie nicht sehen wollen? Bin ich eifersüchtig? Warum bin ich so zornig? Warum? Weil Jon mich angelogen hat. Er hatte diese Fahrt schon lange geplant, ehe er davon sprach. Deshalb ließ Marijohn ja auch das Klavier stimmen. Sie wußte, daß er kommen würde. Er bespricht mit Marijohn Dinge, von denen er mich ausschließt. Marijohns Gesellschaft war ihm heute lieber als die meine.

Sie trocknete ihre Tränen ab. Nein, sagte sie sich, so geht es nicht. Vertrauen ist die Grundlage einer jeden Ehe, und ich habe Vertrauen zu Jon. Es ist lächerlich, im Heidekraut zu stehen und zu weinen. Sie würde einfach zu ihnen hinuntergehen.

Sie fand auch einen Weg und kletterte dem roten Hemd entgegen.

Marijohn ist nicht wie andere Leute, hatte Justin gesagt. Marijohn konnte mit Jon reden, wenn er in dieser Abstandslaune war. Sie wurde mit ihm fertig. Marijohn –

Die Kletterei war schwieriger, als sie vermutet hatte, und auf einmal hatte sie das rote Hemd aus den Augen verloren. Sie blieb stehen, um sich zu orientieren. Da hörte sie Jon lachen.

Ihr Herz hämmerte. Das kam nicht von der Anstrengung des Kletterns, aber eine andere Ursache wollte sie nicht wahrhaben. Langsam bewegte sie sich vorsichtig weiter. Man sollte sie nicht vorzeitig sehen.

Vor ihr lag jetzt ein großer, weißer, von Wind und Wetter rund gewaschener Felsen. Er fühlte sich kühl an unter Sarahs heißen Händen. Sie sah über die Schulter des Felsens hinunter und atmete erleichtert auf.

Marijohn lag auf einem flachen Felsen und genoß die Sonne. Sie trug einen weißen Badeanzug. Die Sonnenbrille hatte sie auf die Nasenspitze geschoben, die Arme hinter dem Kopf gekreuzt. Jon saß in einer schwarzen Badehose in einiger Entfernung am Rand der Lagune und ließ die Füße ins Wasser baumeln.

Sarah wollte ihn eben anrufen, als er erneut schallend lachte und mit den Füßen ins Wasser platschte.

Marijohn setzte sich auf und nahm die Sonnenbrille ab. Ihr Gesicht konnte Sarah nicht sehen, nur ihren tiefgebräunten Rücken und das schimmernde Haar.

Als Jon sich umdrehte, duckte sich Sarah hinter den Felsen, damit er sie nicht entdeckte.

»Ich weiß nicht«, hörte sie ihn sagen, »warum ich so glücklich bin. Es gibt gar keinen besonderen Grund.«

»Ich weiß es«, antwortete Marijohn.

Dann schwiegen sie wieder.

Sarah spähte um den Felsen. Jon stand jetzt und sah auf die See hinaus. Marijohn war einige Schritte von ihm entfernt. Das Wasser schlug gegen die Felsen. Die Flut kündigte sich an. Doch sonst geschah nichts.

Sarah blieb es unverständlich, weshalb sie plötzlich von so panischer Angst überfallen wurde. Sie vermochte kaum noch zu atmen.

»Warum kommst du nicht nach Kanada?« fragte Jon seine Kusine.

»Mein lieber Jon«, antwortete sie, »welchen Sinn hätte das nach deiner Meinung?«

»Ich weiß es auch nicht.«

Es klang enttäuscht, irgendwie verloren.

»Über dieses Thema haben wir schon oft genug gesprochen, Jon. Hier – als deine Frau tot war.«

»Um Himmels willen hör auf, von Sophia zu reden!« schrie er. »Nicht wieder diese Szene!«

Er lehnte an einem Felsen und hatte die Hände zu Fäusten geballt.

»Marijohn«, sagte er nach einer Weile etwas ruhiger, »wir haben nie mit Worten davon gesprochen, weder früher noch jetzt, und wir sollten auch jetzt nicht darüber sprechen.«

»Ja, ich weiß«, antwortete sie rasch. »Und ich verstehe dich.«

»Aber warum, Marijohn? Warum? Du lieber Gott, warum?«

Sie sah ihn an. Der Bann war gebrochen.

Sie versteht ihn nicht, dachte Sarah. Und es war, als hätte sie mit dieser Erkenntnis einen Sieg errungen, den sie nicht zu erklären vermochte.

»Ja«, sagte Jon, »warum? Warum hast du Sophia töten müssen?«

Eine Welle brach sich an den Felsen und störte die Ruhe der Lagune.

Sarah hörte von oben einen Ruf. Sie sah hinauf. Justin stand auf der Klippe und winkte. Sarah duckte sich rasch und versteckte sich hinter einer bizarren Felsgruppe. Sie zitterte am ganzen Körper. Der Schock hatte sie überwältigt. Wie betäubt saß sie da. Erst als die Flut gegen die Felsen unter ihr donnerte, stand sie auf und stolperte tränenblind den Pfad entlang nach Clougy.

10

Als Justin mit der Milch von der Farm zurückkam, traf er den Postboten.

»Nur zwei Briefe heute«, berichtete der Mann und rieb sich mit einem riesigen Taschentuch die Stirn trocken. »Einer ist für Mrs. Rivers, der andere für Sie. Himmel, heut ist's aber heiß! Ist aber gut. Hat zu viel geregnet.«

Justin pflichtete ihm höflich bei. Im Haus angekommen, stellte er die Milch ab und sah die Briefe an.

Der für Marijohn kam aus London. Vielleicht war er von Michael Rivers, der, wie Justin wußte, noch immer Marijohns

Angelegenheiten erledigte. Auf dem anderen Umschlag prangte eine große ausgeglichene Schrift, die er nicht kannte. Er war an *J. Towers, Esq., Clougy, St. Just, Penzance, Cornwall* adressiert. Auch er kam aus London.

Justin riß ihn auf. Wer mochte ihm schreiben? Er setzte sich auf die Treppe. Die Unterschrift des Briefes war kurz. *Eve*, stand darunter. Da erst bemerkte Justin, daß der Brief gar nicht für ihn bestimmt war.

Automatisch las er:

Lieber Jon,

vergangene Woche aß ich mit Max in London zu Abend. Er wollte wissen, weshalb du ihn nach meiner Adresse gefragt hast. Wir unterhielten uns ziemlich lange über die Zeit vor zehn Jahren, und schließlich erzählte er mir, daß Du wieder in Clougy bist und er Dich dort besuchen will. Ich dachte mir, es sei vielleicht gut, wenn ich Dich warne, denn er weiß mehr, als Du glaubst. Wenn Du mehr dazu hören willst, dann besuche mich doch. Ab Samstag bin ich unter der oben angegebenen Adresse und Telefonnummer zu erreichen. Ich bleibe ein paar Tage in St. Ives und reise nicht vor Dienstag ab. Eve.

Dreimal las Justin den Brief. Dann schob er ihn in den Umschlag zurück und steckte ihn in seine Brieftasche.

11

Ein silbergrauer Rolls-Royce stand in der Zufahrt, als Sarah zurückkam. Durch die Wohnzimmerfenster klang Lachen.

Ohne gesehen zu werden, huschte sie die Treppe hinauf und wusch sich die Tränenspuren vom Gesicht. Als sie wieder vor dem Frisiertisch stand, hörte sie Jon unten sprechen.

»...kann mir nicht vorstellen, wo sie steckt. Weißt du sicher, Justin, daß sie zur Bucht hinunter wollte?«

Justins Antwort verstand sie nicht. Sie lugte vorsichtig durch die Vorhänge hinunter.

»...besser suchen, falls sie sich verlaufen hat.«

Tränen verdunkelten ihr den Blick. Sie ging zum Frisiertisch zurück.

»Sie hat sich bestimmt nicht verlaufen«, hörte sie jetzt Marijohn sagen. »Wahrscheinlich macht sie nur einen Spaziergang.«

»Das muß ja eine Amazone sein!« ließ sich eine unbekannte Stimme vernehmen. »Den ganzen Morgen auf den Klippen in Kenidjack und anschließend zur Abwechslung auf den Klippen von Clougy. Jon hat gar nichts davon gesagt, daß seine Frau so sportlich ist.«

»Das hat er nicht, weil sie's nicht ist«, erklärte Marijohn.

»Na, Gott sei Dank! Aber wie sieht sie denn aus? Ist sie hübsch? Jon sprach von einer Ähnlichkeit mit Sophia.«

»Justin!« Marijohn drehte sich um. »Willst du...«

»Er ist verschwunden. Aber erzähl doch! Ist sie...«

»Du siehst sie noch früh genug.«

»Ist Jon sehr verliebt?«

»Er hat sie ja geheiratet.«

»Warum hast du eigentlich nicht wieder geheiratet? Was hast du nach der Scheidung getan? Warst du im Ausland? In London habe ich dich nie gesehen.«

»Ich habe einige Zeit in Paris gearbeitet, aber dort war's so langweilig, daß ich es kaum ein Jahr aushielt. Willst du Eis in deinen Drink? Nein? Ja, und dann kam ich nach England zurück.«

»Sofort nach Clougy?«

»Nein. Warum auch? Ich sah mich erst ein wenig um. Aber schließlich hat Clougy viele glückliche Erinnerungen für mich.«

»Oh«, sagte der Mann, und Sarah konnte sich deutlich seine hochgezogenen Brauen vorstellen.

»Ich muß schon sagen«, fuhr Max Alexander fort, »ich hätte nie geglaubt, daß Jon nach der Sache mit seiner Frau hierher zurückkommen würde. Spricht er je von ihr?«

»Nein. Diese Tür hat er zugemacht. Warum hat er dich eigentlich gebeten zu kommen?«

»Das weiß ich selbst nicht. Ich hoffte, du könntest es mir sagen.«

»Was meinst du damit?«

»Schließlich war Jon doch ganz verrückt nach Sophia. Eine Frau wie sie... Jeder Mann wäre ihr...«

»Sophia existiert nicht mehr. Jon hat sich ein ganz neues Leben aufgebaut, in dem Sophia keinen Platz mehr hat.«

»Er ist verheiratet mit einer Frau, die...«

»Männer bleiben meistens an einem Frauentyp hängen, doch das hat nichts zu bedeuten. Die Liebe ist schließlich nicht nur sexuelle Anziehung und körperliche Gemeinschaft.«

»Aber eine enge Beziehung zwischen Mann und Frau ist doch ohne Sex undenkbar«, wandte er ein.

»Nicht jedes Verhältnis zwischen Mann und Frau hängt allein vom Sex ab.«

»Ganz im Gegenteil! Allein vom Sex, möchte ich sagen. Sieh dir doch Jon an! Er kannte eine Menge Frauen, aber keine interessierte ihn, wenn sie ihn nicht physisch anzog.«

»Warum sollte Jon auf Sex verzichten? Die meisten Männer brauchen ihn. Aber was ist schon so Besonderes am Sex? Mit wirklicher Vertrautheit hat er meistens wenig zu tun. Warum sollte Sex also Anfang und Ende aller Dinge sein? Er ist nichts, nutzlos.«

Max Alexander zögerte ein wenig, ehe er schallend lachte.

»Das klingt ganz nach dem Standpunkt einer Frau«, meinte er.

»Möglich«, erklärte sie kurz. »Ich muß jetzt sehen, ob das Mittagessen schon ganz verbrannt ist. Entschuldige mich, bitte.«

Dann herrschte wieder Schweigen.

Sarah klammerte sich an die Kante des Frisiertisches und starrte in den Spiegel. Ihre dunklen Augen blickten düster, ihr Mund war verkniffen, ihre Haare sahen unordentlich und strähnig aus.

Automatisch griff sie nach dem Lippenstift. Nur weg von

hier, dachte sie. Jon, ich will weg von hier. Weg, weg, weg! Und diesen Max will ich nicht sehen. Ich kann solche Männer nicht ertragen, die nichts anderes kennen als Sex. Ich will weg, Jon! Ich will vor allem weg von deiner Kusine. Sie mag mich nicht, das spüre ich, und ich hasse sie. Ich hasse sie. Jon, ich muß weg, ich muß dem allen entrinnen. Sie mag mich nicht, ja, sie verachtet mich, das weiß ich. Sie verachtet mich ebenso, wie sie Sophia verachtet hat.

Nein, nicht an Sophia denken! Doch warum nur diese Lügen? Jon, du hast mir geschworen, ihr Tod wäre ein Unglücksfall gewesen. Du hast mich belogen, Marijohns wegen. Ich will weg von hier, Jon, denn ich fürchte mich hier, und ich will dieser Angst entkommen.

Sie ging in den Korridor hinaus. Draußen war es kühl. Das Geländer fühlte sich glatt und kalt an, denn ihre Hand war heiß. Sie überquerte die Halle und betrat das Wohnzimmer.

Der Mann wandte sich um. Sie sah den humorvollen Zug um seinen Mund, die weit auseinanderstehenden blauen Augen, die ehrlich und vertrauenswürdig dreinsahen, die gebrochene Nase, Spuren plastischer Chirurgie von der Schläfe bis zum Kiefer. Die Falten um den Mund würden mit der Zeit tiefer werden. Es waren Kummerfalten. Er sah ein wenig älter aus als Jon.

Sie war verlegen und sah ihn nur an. Auch er hatte Schwierigkeiten, die richtigen Worte zu finden.

»Guter Gott!« sagte er endlich, und seine blauen Augen drückten ehrliches Staunen aus. »Himmel, Sie sind ja noch schrecklich jung! Ich dachte, Sie wären in Jons Alter. Niemand hat mir gesagt, wie jung Sie sind.«

Sie lächelte gezwungen. »So jung bin ich nun auch wieder nicht!«

Auch er lächelte. Ob er wohl der Meinung war, sie gleiche Sophia?

»Wo ist Jon?« fragte sie, weil ihr sonst nichts einfiel.

»Er ging weg, um Sie zu suchen«, erklärte Max Alexander.

»Oh! Dann müssen wir uns verfehlt haben.«

Sie griff nach einer Zigarette, und er gab ihr Feuer.

»Wann sind Sie denn angekommen?«

»Vor einer halben Stunde. Justin war allein zu Hause, deshalb ging ich erst einmal zur Bucht hinunter. Man hat mich anscheinend noch nicht zum Mittagessen erwartet. Jon sagte mir, Sie beide würden heute in Penzance noch Freunde besuchen.«

»Wirklich? Ich meine...« Sie errötete und lachte. »Ich habe Jon seit dem Frühstück nicht mehr gesehen. Er fuhr mit Marijohn nach Penzance zum Einkaufen...«

»Ah, da muß er es dann ausgemacht haben. Ich überlegte mir gerade, was ich mit mir anfangen soll. Marijohn sagte, sie hätte zu tun, und Justin fährt mit ihrem Wagen nach St. Ives. Vielleicht gehe ich schwimmen. Sonst bade ich ja nur im Mittelmeer, aber manchmal hat man spartanische Anwandlungen. Ah, da kommt ja Jon!«

Er lief durch die offene Verandatür und warf zur Begrüßung beide Arme hoch. »Jon, warum hast du mir nicht erzählt, daß deine neue Frau so jung und schön ist?«

12

»Ich will aber nicht«, sagte sie zu Jon. »Macht es sehr viel aus, wenn ich nicht mitkomme? Ich bin ziemlich müde.«

Die geschlossenen Fensterläden machten das Schlafzimmer kühl und dämmrig.

»Wie du willst«, antwortete Jon. »Ich traf diesen Burschen zufällig, als ich heute früh in Penzance war. Ich machte seinerzeit ziemlich viele Geschäfte mit ihm. Er lud uns zu einer Fahrt mit seinem Motorboot ein, und ich dachte, es würde dir Spaß machen.«

»Tut mir so leid, Jon.«

»Wenn du müde bist, mußt du natürlich ausruhen. Mach dir keine Gedanken.« Er küßte sie auf die Stirn. »Vielleicht kommt Marijohn mit. Ich frage sie.«

»Sie sagte zu Max, sie wäre sehr beschäftigt.«

»Das wäre eine höfliche Lüge, damit er sich nicht an sie hängt. Ich will mal hören, was sie sagt.«

»Wenn du nicht allein gehen willst, Jon, dann...«

»Nein, du ruhst aus. Das ist wichtig. Ich muß diesen Burschen jedoch unbedingt treffen und sein neues Motorboot bestaunen. Ich habe es schon versprochen. Wenn Marijohn nicht mitkommen will, fahre ich allein.«

Es stellte sich heraus, daß Marijohn nicht mitkommen wollte. Er verabschiedete sich von Sarah mit einem Kuß.

»Gegen sechs Uhr bin ich wieder zurück«, versprach er. »Schlaf gut!«

Aber sie konnte nicht schlafen. Sie zog Hosen und eine Bluse an und ging hinunter.

Justin war nach St. Ives gefahren, und Marijohn ruhte auf dem Rasen. Sie hatte Schreibzeug bei sich. Alexander war nirgends zu sehen.

Sarah wollte von Marijohn nicht entdeckt werden und verließ darum das Haus durch die Hintertür. Fünf Minuten später erreichte sie die Bucht.

Alexander hatte sein Hemd und die Schuhe ausgezogen und saß auf einem der Felsen. Er hatte ein Buch in der Hand und die Sonnenbrille auf der Nase. Er hörte ihre Schritte, drehte sich um und winkte ihr zu.

»Oh!« rief er, »ich dachte, Sie schliefen.«

»Nein. Einen so schönen Nachmittag kann man doch nicht verschwenden.« Sie kletterte zu ihm herunter. Es war noch Flut. Die Brandung donnerte gegen die Felsen. Der Gischt sprühte zu ihnen empor.

Alexander war schon tief gebräunt. Brust und Schultern schienen muskulös, zeigten aber die Tendenz, Fett anzusetzen. Jon dagegen hatte harte, kräftige Muskeln. Wie oft mochte man Alexander früher mit Jon verglichen haben, und wie oft war dieser Vergleich zu seinem Nachteil ausgefallen?

»Erzählen Sie mir ein bißchen von sich selbst«, bat er und schlug sein Buch zu. »Wie kommen Sie nur nach Kanada?«

Erst fiel es ihr schwer, von sich zu erzählen, doch allmählich ließ die Anspannung nach. Dann berichtete er von seiner Rennfahrerlaufbahn.

»Es hat ja einen mörderischen Reiz, mit dem Tod um die Wette zu fahren, aber jetzt habe ich mehr oder weniger genug davon«, erklärte er abschließend.

»Und was tun Sie jetzt?« erkundigte sie sich.

»Das hängt davon ab, wie lange ich lebe«, meinte er lakonisch. »Ich habe Herzbeschwerden. Vielleicht lebe ich nur so in den Tag hinein und zahle meine Steuern, bis ich tot umfalle.«

Was sollte sie darauf antworten? Sie hatte das Gefühl, daß er bei weitem nicht so ruhig und entspannt war, wie er erscheinen wollte.

»Es muß Ihnen seltsam vorkommen, nach so langer Zeit wieder hier zu sein«, sagte sie plötzlich. »Freuen Sie sich, daß Sie hier sind?«

Sie konnte seine Augen nicht sehen, denn die dunklen Gläser schirmten sie ab.

»Ich habe mich gefreut, Jon wieder einmal zu sehen«, erwiderte er. »Ich war richtig erstaunt, als er mich anrief. Er möchte das Kriegsbeil begraben, sagte er. Sie wissen doch, daß es eines gab?«

»Ja«, sagte sie, ohne zu zögern. »Jon erzählte mir davon.«

»Natürlich. Ehrlich gesagt, ich wunderte mich, daß er Clougy besuchen wollte. Als er mich einlud, konnte ich deshalb nicht widerstehen. Ich muß herauskriegen, warum er zurückgekommen ist.« Er spielte mit seinem Buch und riß eine Ecke von dem Schutzumschlag ab. »Ich wußte nicht, daß Marijohn hier lebt.«

»Jon wollte sie vor unserer Rückkehr nach Kanada unbedingt sehen.«

»Das kann ich mir denken.«

»Jon hat mir alles erzählt. Über sich und Marijohn.«

Max Alexander sah sie scharf an. »Ich wußte gar nicht, daß es da etwas zu erzählen gab«, antwortete er.

»Nun ja. Sie haben doch einen großen Teil ihrer Kindheit zusammen verbracht, nicht wahr?«

»Ja. Sicher. Sie haben einander sehr gern.« Er setzte sich auf. »Und was halten Sie von Marijohn?«

Sarah setzte zur Antwort an, aber er kam ihr zuvor. »Sophia haßte sie. Hat Jon Ihnen das auch gesagt? Es war ja eigentlich egal, denn Jon betete den Boden an, auf dem Sophia ging. Sie konnte tun, sagen und wünschen, was sie nur wollte. Eine beneidenswerte Lage, nicht wahr? Aber leider wußte Sophia das Glück nicht zu schätzen. Sie untergrub ihre Position so nachdrücklich, bis sie eines Tages keine mehr hatte. Aber natürlich hat Jon Ihnen das alles erzählt, nicht wahr?«

Er beobachtete das tobende An- und Abschwellen der Flut.

»Sophia tat mir leid«, fuhr er ruhig fort. »Ich war aber, glaube ich, der einzige, dem sie leid tat. Marijohn verachtete sie, Jon war sie gleichgültig geworden. Und Michael, diese Säule der Gesellschaft, rümpfte immer nur die Nase über diese Ausländerin, die zwar sehr sexy war, aber nicht mehr Moral besaß als eine Streunkatze. Mir tat sie einfach leid. Sie wußte zum Schluß nicht mehr, was sie tun sollte. Schließlich hatte sie Jon ja nicht mit einer anderen im Bett erwischt, und er hatte sie auch nicht geschlagen oder sonstwie schlecht behandelt. Das, was nicht stimmte, war nicht faßbar. Sie wußte nur plötzlich, daß ihr Ehemann sie nicht mehr liebte, doch sie ahnte nicht einmal, wie es soweit gekommen war.«

»Vielleicht hatte sie es verdient. Wenn sie Jon betrog...«

»Nein. So war es nicht. Sie benahm sich wie ein verwöhntes Kind, war trotzig und beklagte sich, aber betrogen hat sie ihn nicht. Sie flirtete natürlich und machte Jon damit die Hölle heiß, aber sonst... Sie war doch hier am Ende der Welt festgenagelt. Und ich glaube, sie hat Jon bei allem Trotz und allen Klagen geradezu verehrt. Erst als sie erkannte, daß sie ihn verloren hatte, da wurde sie ihm im Versuch, ihn zurückzugewinnen – untreu. Sie war unglaublich sexy und versuchte, ihn damit in ihr Bett zurückzuziehen, aber er blieb gleichgültig. Für eine Frau wie Sophia, deren einzige Waffe der Sex war, die nur mit ihrer Weiblichkeit zu kämpfen verstand, muß das eine entsetzliche Niederlage gewesen sein. Als ihr klar wurde, daß sie nichts mehr hatte, daß sie am Ende der Straße angelangt war, und sah, daß ihm das ganz egal war...«

»Aber – er hat sie doch sehr geliebt«, wandte Sarah ein.

»Ich will Ihnen lieber genau erzählen, wie sich alles zutrug, dann können Sie sich selbst ein Urteil bilden.

Ich kam an jenem Wochenende mit einer Freundin namens Eve nach Clougy. Damals stimmte schon nicht mehr alles zwischen Eve und mir, und wir stritten ziemlich viel. Nach dem Frühstück am Samstag schloß sie sich ein, und ich setzte mich in den Wagen. Autofahren beruhigt mich immer nach einer unerfreulichen Szene. Ich wollte gerade losfahren, da kam Sophia aus dem Haus. Gott, ich sehe sie noch genau vor mir! Sie trug hautenge schwarze Hosen und ein Oberteil, das die Taille freiließ, ja eigentlich kaum etwas bedeckte. Ihre Haare fielen wie bei Brigitte Bardot lang und lose auf die Schultern.

›Ah, Max!‹ rief sie. ›Fährst du nach St. Ives? Nimm mich mit!‹

Es klang wie eine Einladung ins Bett. Natürlich sagte ich, sie solle einsteigen.

Da kam Jon aus dem Haus und rief ihr etwas zu, aber sie gab keine Antwort. Er näherte sich deshalb dem Wagen.

›Sophia, ich habe mit dir zu reden‹, sagte er, aber sie erklärte nur, sie müßte zum Abendessen Schellfisch haben, den sie in St. Ives kaufen wollte.

›Hast du sie aufgefordert?‹ wandte Jon sich wütend an mich. ›Oder hat sie sich selbst eingeladen?‹

›Jon, mein Liebling, spiel dich nicht so auf‹, sagte Sophia, ehe ich noch antworten konnte.

Jon zitterte vor Wut.

›Glaubst du, ich hätte nicht bemerkt, wie du mit Max geflirtet hast?‹ schrie er. ›Und Eve hätte es auch nicht bemerkt? Du hast doch gehört, wie sie gestritten haben. Ich will nicht, daß meine Frau sich wie eine Hure benimmt, wenn ich Gäste habe. Entweder du steigst jetzt sofort aus dem Wagen und hörst auf, die Prostituierte zu spielen, oder mit diesen Wochenendpartys ist es ein für allemal aus.‹

Ich wollte vermitteln, hatte aber keinen Erfolg.

Sophia warf ihm vor, er wäre nur eifersüchtig und sie sähe nicht ein, weshalb ich sie nicht mitnehmen dürfte, um Schellfisch zu kaufen. Sie tat so, als wäre Jon ein elender Kleinigkeitskrämer.

Ja, und da saß sie dann in meinem Wagen. Trotzig und mit Schmollmündchen. Du lieber Himmel, jeder Ehemann hätte da weiß Gott was alles vermutet! Ich wußte nicht recht, was ich tun sollte, denn sie weigerte sich auszusteigen. Verzweifelt grübelte ich nach einer taktvollen Ausrede. In diesem Moment nieste jemand auf der Veranda. Es war Justin, der alles mit angehört hatte. Armer Kerl! Für ihn schien eine ganze Welt einzustürzen.

›Komm, Justin‹, sagte Jon. ›Wir gehen hinunter zu den Flat Rocks.‹

Justin sah vertrauensvoll zu ihm auf und legte seine Hand in die seines Vaters. Dann spazierten sie über den Rasen davon.

Sophia und ich fuhren nach St. Ives. Es war ein heißer Tag, fast so wie heute. Wir kauften den Schellfisch und fuhren dann weiter zu einer der Buchten, um zu baden. Niemand war in der Nähe. Es war eine winzige, versteckte Bucht, die man nur bei Ebbe erreichen konnte.

Ich entschuldige nicht, was ich getan habe, denn schließlich habe ich die Frau meines besten Freundes verführt, und dafür gibt es keine Entschuldigung. Natürlich hatte Sophia die Bucht gekannt, sich zuerst ausgezogen und mich zuerst berührt, aber hätte ich ein bißchen Anstand und Vernunft besessen, hätte nichts zu passieren brauchen. Doch vielleicht bin ich sowieso kein sehr anständiger Mensch. Denn ich habe mich auch ein klein wenig rächen wollen. Sehen Sie, wenn ich ein Mädchen mitbrachte, dann brauchte es nur Jon zu sehen, und ich war auch schon gestorben. Darum fing ich auch mit den Autorennen an. Doch bald darauf begann er sich ebenfalls dafür zu interessieren. Ich verschaffte ihm also die richtigen Verbindungen, und dann fuhr er besser als ich. So war es immer.

Es war nicht Jons Fehler, er war eben so konstruiert. Und an mir fraß der Groll, wenn ich es auch nicht zugab. Als seine Frau sich mir anbot, zögerte ich daher keinen Augenblick lang.

Gegen vier Uhr kamen wir nach Clougy zurück. Es war so still, daß wir erst dachten, das Haus wäre leer. Aber dann hörten wir das Klavierspiel.

Sophia lief den Korridor entlang und riß die Tür auf. Ich folgte ihr. Sie blieb stehen. Ich sah, daß Jon nicht allein war. Marijohn war bei ihm. Die Stimmung war seltsam. Sie saß glücklich und entspannt am Fenster, Jon auf dem Klavierhocker, ebenso entspannt und glücklich. Zwischen ihnen lag eine Entfernung von mindestens zwei Metern.

›Hast du den Schellfisch bekommen?‹ erkundigte sich Marijohn.

Ihre Augen waren sehr klar und blau. In diesem Augenblick ging mir auf, wie sehr Marijohn Sophia verachtete.

›Wo ist Michael?‹ fragte Sophia, und Marijohn sagte, sie wüßte es nicht.

›Wollte er nicht fischen?‹ fragte Jon.

Und sie lachten beide. Dann fing Jon wieder zu spielen an. Es war, als würden wir beide gar nicht existieren.

›Ich gehe mit Max zur Bucht hinunter‹, sagte Sophia schließlich, doch Jon nahm kaum Notiz davon.

›Aber seht zu, daß ihr keinen Sonnenbrand bekommt‹, warnte Marijohn boshaft. ›Heute ist es sehr heiß.‹

Sophia kochte vor Zorn, sagte aber nichts. Erst unten an der Bucht bemerkten wir, daß Justin uns gefolgt war. Armer Kerl! Sie jagte ihn weg. Er sah so unglücklich und verloren drein, als er hinter den Felsen verschwand.

Wir schwammen ein wenig und redeten. Sophia sprach hauptsächlich über Marijohn. Danach weinte sie.

›Ich hasse sie‹, schluchzte sie. ›Immer, wenn sie kommt, geht alles schief.‹

Sie war verzweifelt. Ich versuchte sie zu trösten, nahm sie in die Arme. In diesem Moment tauchte Eve auf, die mich suchte und in dieser kompromittierenden Situation fand. Es gab erneut Streit, und abends kam Eve nicht zum Essen herunter.

Das Abendessen war schrecklich. Sophia hatte die Küche überwacht und spielte die fürsorgliche Gastgeberin. Sie war wieder strahlender Laune und sehr gesprächig. Ich tat mit, so gut ich konnte. Gelegentlich stand mir sogar Michael bei. Marijohn und Jon sagten kein Wort. Nach einiger Zeit redeten auch wir weniger, und es herrschte schließlich ein bedrückendes Schweigen. Jons und Marijohns Schweigen ist schwer zu beschreiben, so seltsam war es. Es wirkte irgendwie verschwörerisch.

Nach einer Weile des allgemeinen Schweigens begann Marijohn dann zu sprechen. Aber sie redete nur mit Jon; über Musik. Wir verstanden nichts. Zehn Minuten hielten sie den Dialog durch, dann schwiegen sie wieder.

Sophia schickte dann das Kind zu Bett. Justin wehrte sich, und so brachte ihn Michael hoch. Ich hatte den Eindruck, er wollte nur diesem gespannten Schweigen entkommen. Wir standen auch alle auf, und Jon ging in die Halle hinaus. Er zog einen roten Pullover an und sagte: ›Marijohn und ich machen einen Spaziergang zur Bucht.‹

Zehn Minuten später kamen sie zurück und gingen ins Musikzimmer. Michael kam gerade die Treppe herunter und gesellte sich zu ihnen. Und ich half Sophia in der Küche beim Geschirrspülen. Der Plattenspieler war eingeschaltet.

›Ich gehe und schaue mal nach, was sie tun‹, sagte Sophia.

›Nein, laß sie in Ruhe!‹ riet ich. ›Michael ist ja bei ihnen.‹

›Ich möchte aber wissen, was er sagt.‹

Sie ließ sich nicht zurückhalten. In der Halle flüsterte sie mir noch zu, daß wir uns später treffen würden, wo wir miteinander reden und nicht belauscht werden könnten.

›Um zehn Uhr bei den Flat Rocks‹, sagte sie und schlich ins Musikzimmer.

Ich stand allein in der Halle. Jons roter Pullover lag über der Eichentruhe neben der Tür. Er sah wie eine Blutlache aus.

Ich ging zur Bucht hinunter und sah eine Weile aufs Meer hinaus. Dann wurde es ziemlich kalt, und ich kehrte ins Haus zurück, um etwas Warmes anzuziehen. Gegen zehn spazierte ich über den Klippenpfad zu den Flat Rocks und wartete auf Sophia.

Ich wartete einige Zeit, aber Sophia kam nicht. Ich hörte den Schrei, als ich gerade überlegte, was sie wohl aufgehalten haben könnte. Natürlich beeilte ich mich sehr, aber als ich sie erreichte, war sie schon tot.«

Er schwieg lange. Dann nahm er die Sonnenbrille ab und Sarah sah erst jetzt seine Augen.

»Arme Sophia!« wiederholte er. »Es war schrecklich, daß ihr das zustoßen mußte. Sie hat mir immer sehr, sehr leid getan.«

13

Die Kirchturmuhr am Hafen schlug drei, als Justin in St. Ives einfuhr. Im Städtchen herrschte Touristentrubel, und er kam nur langsam vorwärts. Erst nach langem Suchen fand er einen Platz für den Wagen. Er wanderte zum Hafen und ging dann das steile Sträßchen hinauf, das zum Kamm des Hügels führte.

Er fragte nach Eve und wurde einen Stock höher geschickt.

»Kommen Sie nur herein«, sagte die Frau, die ihm geöffnet hatte. »Zweite Tür rechts.«

Die Frau sah ihm nach, als er die Treppe hinaufstieg. Oben blieb er eine Weile stehen. Ihm war ganz heiß geworden. Doch schließlich hob er die Hand, um an der zweiten Tür rechts zu klopfen.

Die Tür öffnete sich sofort. Er war wieder der kleine Junge, der das unberührte Tablett leergegessen hatte.

Sie schien ihn nicht zu erkennen und enttäuscht zu sein. Doch plötzlich spiegelte sich Verwirrung in ihrem Gesicht, und er bekam vor Verlegenheit rote Ohren.

»Wen suchen Sie?« fragte sie.

Er schluckte. All die Worte, die er sich so sorgfältig zurechtgelegt hatte, waren vergessen. Er starrte zu Boden. Sie hatte weiße Sandalen an, sah kühl und elegant aus, und ihre sportliche Kleidung war für ein paar Ruhetage weit weg von London viel zu schick.

»Moment!« sagte sie. »Ich kenne Sie doch.«

Er räusperte sich und blickte langsam zu ihr auf. Sie sah verwirrt drein, aber nicht feindlich, und ihm wurde wohler.

»Sie sind Justin«, sagte sie.

Er nickte.

»Kommen Sie herein«, forderte sie ihn auf.

Es war ein kleiner Raum. Vom Fenster aus sah man auf die Hausdächer weiter unten. Dazwischen schimmerte die blaue See.

»Sie sehen Ihren Eltern nicht sehr ähnlich, was?« fragte sie und schnippte die Asche ihrer Zigarette in einen Souvenieraschenbecher. »Ich hätte Sie fast nicht erkannt, so schlank sind Sie geworden.«

Er lächelte ein wenig verlegen und setzte sich auf die Bettkante.

»Warum sind Sie gekommen?« fragte sie. »Hat Ihr Vater Sie hergeschickt?«

»Nein. Ich machte Ihren Brief an ihn irrtümlich auf und gab ihn dann nicht weiter. Warum wollen Sie meinen Vater in den Flitterwochen stören?«

»Und was versuchen Sie für eine Rolle zu spielen?« herrschte sie ihn an.

Seine ganze Schüchternheit fiel von ihm ab. »Sie wollten mit ihm über das sprechen, was vor zehn Jahren in Clougy passierte. Und Sie wollten über Max sprechen...«

»Mit Ihrem Vater. Nicht mit Ihnen.«

»Ich weiß mehr, als Sie glauben.«

Sie lächelte ihn zweifelnd an. »Wieso? Damals waren Sie doch noch ein Kind. Sie konnten gar nicht verstehen, was vorging. Was wissen Sie davon?«

»Ich sah, wie meine Mutter starb.«

Ihre Augen weiteten sich vor Verblüffung.

»Ich sah alles. Verstehen Sie jetzt? Ich folgte dem Mörder über die Klippe und sah, wie er meine Mutter hinunterstieß in den Tod.«

14

Kurz nach fünf kehrte Sarah von der Bucht zurück und sah nach, ob Jon schon da war. Alexander blieb unten. Ein blauer Hillman stand hinter Maxens silbergrauem Rolls-Royce in der Einfahrt. Wer mochte das sein?

In der Halle war es kühl und dämmrig. Vor dem Spiegel drückte Sarah ihre Frisur zurecht, ehe sie die Wohnzimmertür öffnete.

Marijohn saß am Schreibtisch zwischen den Fenstern. Sie hatte einen Kugelschreiber in der Hand. Links hinter ihr stand ein großer Mann und sah ihr über die Schulter. Er sah unauffällig gut aus, hatte ruhige Augen und einen klar gezeichneten Mund. Er und Marijohn blickten auf, als Sarah den Raum betrat.

»Oh, du bist es!«

Marijohn legte den Kugelschreiber weg.

»Michael, das ist Sarah. Sarah, das hier ist Michael Rivers.«

Er musterte sie mit den Augen eines erfahrenen Anwalts, doch dann kam Wärme in seinen Blick, und ein Lächeln lag um seinen Mund. »Darf ich Ihnen noch zur Hochzeit alles Gute wünschen?« fragte er. »Besser verspätet als niemals, nicht wahr?«

»Oh, vielen Dank«, erwiderte sie ein wenig schüchtern. »Ich wollte nur fragen, ob Jon schon zurück ist. Ich dachte...«

»Nein, er ist noch nicht da«, erwiderte Marijohn. »Sag mal, mein Lieber, wie viele Unterschriften muß ich jetzt noch leisten?«

»Nur noch das hier.«

Justin hatte ihr gesagt, Michael Rivers hätte seine Frau sehr geliebt. Seltsam, daß sie jetzt geschieden waren.

»Fein«, sagte Rivers. »Das nehme ich morgen alles mit nach London.«

»Wohnst du hier in der Nähe?«

»Bei den Hawkins in Mullion.«

»Wohnen sie noch immer in dem kleinen Häuschen am Hafen?«

»Nein, sie...«

Er lauschte. Auch Marijohn horchte. Auf dem Kies draußen waren Schritte zu hören.

»Das ist Jon«, sagte Rivers. »Ich muß jetzt gehen. Ich rufe dich dann an und sage dir, wie alles gelaufen ist, ja?«

Aber Marijohn hatte ihm nicht zugehört. Die Schritte waren schon auf der Veranda und näherten sich der vorderen Haustür.

»Jon!« rief sie.

Die Tür ging auf.

»Hallo!« sagte Jon und schien gar nicht überrascht zu sein. »Wie geht es dir, Michael? Sarah, mein Liebling, geht es dir wieder besser?«

Er beugte sich zu ihr hinunter und küßte sie.

»Viel besser«, erklärte sie und drückte seine Hand.

»Warum hast du nicht angerufen, daß du kommst?« wandte sich Jon an Rivers. »Bleibst du zum Abendessen? Nein? Ruf doch deine Freunde an und sag ihnen, du bleibst bei uns. Es macht ihnen sicher nichts aus.«

»Ich fürchte, es geht nicht«, lehnte Rivers freundlich ab. »Trotzdem vielen Dank.«

»Marijohn, überrede ihn doch zu bleiben«, schlug Jon vor.

Jeder Nerv seines Körpers schien gespannt zu sein. Er barst geradezu vor Leben und Energie.

»Du hättest doch auch gern, daß er zum Abendessen bleibt, nicht wahr?« fuhr er hartnäckig fort.

Marijohn sah Rivers groß an.

»Oh, bitte!« sagte sie nur. »Ja?«

Michael hob die Schultern und machte eine hilflose Geste. Sie lächelte ihn strahlend an, und er schmolz vor ihr dahin.

»Wann haben wir zuletzt zusammen zu Abend gegessen?« fragte sie.

Und er hob wieder die Schultern, und Sarah sah, daß er nickte.

»Und wo ist Max, Sarah?« fragte Jon.

»Noch unten an der Bucht. Sonnenbaden.«

»Und Justin?«

»Wahrscheinlich noch in St. Ives«, sagte Marijohn und ging zur Verandatür. »Michael, komm doch heraus und setz dich auf den Schaukelsitz! Vergiß endlich einmal deine staubigen Akten. Jon möchte mit Sarah ein wenig allein sein.«

Das hat sie nur gesagt, um auf Michael Eindruck zu machen, schoß es Sarah durch den Kopf. Und Jon spielt mit. Oder er hat das Thema für den heutigen Abend gestellt, und sie spielt ihren Part. Michael muß zum Dinner bleiben, um zu beweisen, daß die Vergangenheit tot und begraben ist. Sie müssen ihm zeigen, daß sie nichts zu verbergen haben. Aber wie konnten sie sich so aufeinander abstimmen, wo doch nicht einmal Marijohn gewußt hatte, daß Michael zu erwarten war? Doch Jon hatte es gewußt. Michaels Wagen stand ja draußen. Aber der Wagen war keine zehn Jahre alt! Und doch hatte Jon gewußt –

»Komm mit hinauf, Darling!« bat Jon. »Unterhalte dich ein bißchen mit mir, ja? Ich möchte duschen und mich umziehen. Erzähl mir, was du alles getan hast.«

Sie gingen hinauf, und sie hockte am Rand der Badewanne, während er duschte und sich mit dem Handtuch trockenrieb. Er erzählte von seiner Fahrt nach Penzance, vom Motorboot und dem Ausflug.

»Und jetzt will ich wissen, was du getan hast. Du hast den

ganzen Tag kaum ein Wort mit mir gesprochen. Liebst du mich eigentlich noch?«

Ein Knäuel steckte ihr in der Kehle, und etwas zog ihr die Brust zusammen.

»O Jon!« war alles, was sie sagen konnte.

Und dann lag sie auch schon in in seinen Armen und preßte ihr Gesicht an seine Brust. Er küßte ihr die Tränen von den Augen und streichelte sie.

»Sarah, was ist denn, Kindchen? Habe ich dich irgendwie gekränkt?«

»Ich – Jon«, stammelte sie, »ich – habe einen großen Wunsch.«

»Sag es! Du sollst es haben, egal, was es ist.«

Sie holte tief Atem und kämpfte gegen ihre Tränen.

»Ich – ich würde gern nach Kanada zurückfliegen, Jon. Ich will nicht hier bleiben. Ich möchte heim. Bitte, Jon, laß uns heimfliegen! Es tut mir schrecklich leid, aber...«

»Das verstehe ich nicht. Warum willst du nicht bleiben? Ich wollte sogar noch eine Woche anhängen.«

Sie konnte nicht mehr weinen. Sie konnte ihn nur anstarren. Also ist alles wahr, dachte sie. Max hat nicht gelogen. Es ist etwas zwischen ihnen, das nicht benennbar ist. Es stimmt.

»Ich dachte, dir gefällt es hier. Was ist denn los? Sag es mir!« drängte er.

Sie schüttelte den Kopf und murmelte nur: »Marijohn.«

»Was ist mit Marijohn?« fragte er viel zu schnell.

»Sie mag mich nicht.«

»Quatsch!« rief er. »Unsinn! Sie hält dich für sehr hübsch und sagt, du wärst genau die richtige Frau für mich. Sie ist froh, daß ich ein so reizendes Mädelchen geheiratet habe.«

Sie versuchte sich aus seinem Griff zu befreien.

»Nein, du bleibst hier.«

Das Badetuch glitt ihm von den Hüften, und er zog sie mit sich aufs Bett. Sie klammerte sich an ihn in einem leidenschaftlichen Gefühlsausbruch und hatte gleichzeitig Angst, er könnte sie zurückweisen.

»Sarah!« sagte er erstaunt.

Und dann floß seine Leidenschaft mit der ihren zusammen. Erschöpft und mit tränenfeuchten Augen lag sie anschließend neben ihm.

»Ich liebe dich«, flüsterte sie. »Ich liebe dich.«

Er hielt die Augen geschlossen, als schmerzte ihn etwas.

Für ihn gibt es keine Entspannung, dachte sie, keinen Frieden. Auch für mich nicht. Wir sollten jetzt schlafen, aber wir können nicht. Hier finden wir keine Ruhe, keinen Frieden.

»Jon«, bat sie erneut. »Bring mich von hier weg! Bitte, laß uns morgen nach London, nach Kanada fahren, wohin du willst. Nur bring mich weg von hier.«

»Warum?« fragte er, und seine Stimme klang feindselig. »Warum? Gib mir einen guten Grund dafür!«

Sie schwieg. Er zog sie an sich.

»Bitte, noch ein paar Tage«, bat er liebevoll. »Bitte! Wenn du mich liebst, gibst du mir noch ein paar Tage. Ich kann jetzt noch nicht.«

Sie versuchte nach dem Warum zu fragen, doch sie brachte kein Wort über die Lippen. Statt dessen ging sie ins Bad und wusch sich. Als sie zurückkam, lag er noch so da wie zuvor. Sie zog sich stumm an. Auch als sie vor dem Spiegel saß und sich kämmte, sagte sie noch nichts.

»Sarah«, sagte Jon schließlich traurig. »Bitte, Sarah!«

Sie drehte sich zu ihm um. »Ist Marijohn deine Geliebte?«

Seine Augen wurden ganz dunkel.

»Nein. Natürlich nicht«, antwortete er. »Und sie war auch niemals meine Geliebte.«

»Hattest du ein Verhältnis mit ihr, als Sophia verunglückte?«

»Nein!« rief er und sprang vom Bett auf. »Nein!« wiederholte er und griff nach ihrer Schulter und schüttelte sie. »Nein, nein, nein!«

»Jon!« mahnte sie. »Scht, Jon!«

»Wenn du deshalb von hier wegwolltest, dann kannst du deinen Plan vergessen«, sagte er gereizt. »Zwischen Marijohn und mir ist nichts dergleichen. Sie...« Er zögerte. »Sie lehnt jede Form der körperlichen Liebe ab. Hast du das noch nicht bemerkt? Sie erträgt nicht einmal eine unabsichtliche Berührung von einem Mann. Hast du nicht gesehen, wie sehr ich es zu vermeiden versuche, sie zu berühren? Hast du nicht bemerkt, daß ich sie zur Begrüßung nicht einmal küßte? Hast du gar nichts bemerkt?«

Seine Hände zitterten.

»Ach, ich verstehe«, sagte sie.

Aber er wußte, daß sie nichts verstand.

Sie sah die Verzweiflung in seinen Augen, die Enttäuschung.

15

Als Sarah herunterkam, war es ganz ruhig in der Halle. Die anderen mußten wohl alle noch im Garten sein. Max Alexander war auch nirgends zu sehen.

Sie stand unter der offenen Haustür und sah zu den Hügeln hinauf, lauschte dem Rauschen des Wassers am Mühlrad und ging dann ins Wohnzimmer.

Sie hatte sich geirrt. Rivers und Marijohn waren nicht mehr im Garten. Als Sarah das Zimmer betrat, drehte sich Rivers zur Tür um, und auch Marijohn sah ihr entgegen.

»Oh, Verzeihung!« sagte Sarah. »Ich dachte...«

»Ist schon in Ordnung«, antwortete Rivers leichthin. »Kommen Sie nur herein! Wir fragten uns eben, ob Max von der Flut aus der Bucht gespült wurde.«

Marijohn stand auf. Sie trug ein einfaches, glattes Leinenkleid und kein Make-up und keinen Schmuck. Sogar den Ehering hatte sie abgelegt. Sie sah großartig aus.

»Wo willst du hin?« fragte Rivers.

»Ich muß mich um das Abendessen kümmern.«

Sie verschwand durch die Tür zur Halle. Rivers bot Sarah einen Drink an, doch diese lehnte ab. Was hatten die beiden wohl miteinander gesprochen, ehe sie so ins Zimmer geplatzt war?

Sarah überlegte angestrengt, wie sie wohl die Konversation einleiten könnte, als Rivers sie fragte: »Ist Jon oben?«

»Ja, er ist noch oben.«

»Hm. Ja.«

Er stand am Sideboard und füllte sein Whiskyglas mit Soda auf.

»Wollen Sie wirklich keinen Drink?«

Sarah schüttelte den Kopf.

»Wie lange bleiben Sie denn hier?«

»Das weiß ich noch nicht.«

Abrupt drehte er sich zu ihr um. Er schien zu wissen, was in ihr vorging.

»Sie möchten lieber weggehen?« fragte er.

»Nein«, log sie, denn sie war zu stolz, es zuzugeben. »Nein. Mir gefällt es hier ausgezeichnet.«

»Ich würde an Ihrer Stelle nicht zu lange hier bleiben.«

Sie hob die Schultern, als wäre ihr seine Meinung gleichgültig, und erklärte: »Jon will noch ein paar Tage hier bleiben.«

»Das kann ich mir denken.«

Er nahm einen Schluck von seinem Drink. Sie sah, wie seine Finger sich um den Stiel seines Glases krampften.

»Ich ahnte nicht, daß Sie beide kommen würden«, sagte er nach einer Pause. »Und ich glaubte auch nicht, daß er Marijohn wiedersehen würde. Sie war nämlich entschlossen, ihn nicht wiederzusehen. Das weiß ich. Ich nehme an, er hat sie überredet.«

Sarah starrte ihn verständnislos an. Aus der Küche hörte sie das Klappern von Geschirr.

»Ich weiß«, fuhr er fort, »daß *er* sie sehen wollte, denn er bat mich um ihre Adresse. Selbstverständlich sagte ich sie ihm nicht. Ich wußte nämlich, daß es für sie unheilvoll werden könnte, wenn sie...«

Auf der Treppe waren Schritte zu hören. Jon pfiff eine Musicalmelodie vor sich hin.

»Hören Sie!« drängte er. »Ich muß mit Ihnen sprechen. In unser beider Interesse, verstehen Sie? Ich muß mit Ihnen reden.«

»Aber ich verstehe nicht. Weshalb...?«

»Sie müssen Jon von hier wegbringen. Ich kann Marijohn nicht zwingen wegzugehen. Wir sind ja nicht mehr verheiratet. Aber Sie können Jon zureden. Soll das... Sicher, Sie können es. Fliegen Sie mit ihm nach Kanada! Gehen Sie irgendwohin, nur weg von hier.«

»Wieso von hier?«

»Von Marijohn.«

Das Pfeifen verstummte, die Tür ging auf.

»Sarah? Ah, da bist du ja! Komm mit mir zur Bucht hinunter, Max retten.«

»Ich glaube«, sagte Rivers, »er kommt eben durch die Gartentür.«

»Ja, tatsächlich!« rief Jon.

Er lief Max entgegen.

»Wo hast du gesteckt, du Schuft? Wir dachten, du hättest dich in einem Tümpel ertränkt.«

Rivers trat rasch neben Sarah, die Jon folgte.

»Kommen Sie nach dem Abendessen mit auf einen Spaziergang«, flüsterte Rivers Sarah zu. »Ich erkläre Ihnen dann alles.«

Sie schüttelte den Kopf.

»Sie müssen! Ich glaube, Sie begreifen nicht, in welcher Gefahr Sie sind.«

Sie fühlte, wie sie blaß wurde.

Jon stürmte in das Wohnzimmer, um Drinks zu mixen. Alexander folgte ihm. Er trug eine anzügliche Miene zur Schau.

»He, Michael!« rief er. »Wie in alten Zeiten! Wie geht es dir? Noch immer Anwalt, was?«

Es folgte eine etwas wirre Unterhaltung. Max beschrieb die Vorzüge seines neuen Wagens, und Jon zog Sarah auf ein Sofa und küßte sie.

»Geht es jetzt besser?«

Sie nickte. Er nahm ihre Hand und hielt sie fest. Sie hörte nicht, was die anderen sprachen, sie wußte nichts als nur das eine, daß Jon ein Fremder für sie war, dem sie kein Vertrauen schenken durfte. Hatte sie sich das Unglücklichsein jemals so vorgestellt? Dieser Schmerz ist allumfassend, absolut.

Etwas später kam Marijohn.

»Jon, weißt du, ob Justin zum Abendessen wieder hier ist?« fragte sie.

Er hob die Schultern. »Keine Ahnung. Ich denke aber schon.«

»Ich gehe noch ein bißchen in den Garten. Abendessen in einer halben Stunde«, sagte sie.

»Noch einen Drink, Jon?« fragte Alexander.

Jon gab keine Antwort. Sarah drückte sich an ihn.

»Jon!« flüsterte sie.

»Willst du mitkommen, Michael?« fragte Marijohn. »Ich gehe nur zur Bucht und wieder zurück.«

»Nein«, antwortete Rivers. »Ich kann meinen Whisky nicht im Stich lassen. Und danach brauche ich noch einen.«

»Schau mich nicht so an, Marijohn«, beklagte sich Max. »Ich habe heute mein Tagesquantum Sport schon hinter mir.«

Jon stand auf, zögerte und griff nach einer Schachtel Zigaretten.

»Willst du sie begleiten, Jon?« fragte Rivers freundlich.

»Eigentlich nicht«, erwiderte er, zündete seine Zigarette an und ging zum Kamin, um dort die Figuren und Krüge auf dem Sims neu zu ordnen.

Er sah hinter Marijohn drein, die langsam über den Rasen ging, wandte sich dann aber vom Fenster ab und ließ sich in den nächsten Sessel fallen.

»Warum gehst du nicht mit ihr?« fragte Rivers. »Du brauchst uns doch nicht zu unterhalten. Geh doch mit Marijohn. Sarah ist sicher eine bewundernswerte Gastgeberin.«

Jon sah dem Rauch seiner Zigarette nach.

»Wir waren heute schon unten«, sagte er.

»Oh. Bei den Flat Rocks zufällig?«

»Ich möchte nur wissen, was Justin in St. Ives zu tun hat«, sagte Max dazwischen.

»Nein, nur in der Bucht«, antwortete Jon.

»Seltsam. Marijohn sagte mir, sie wäre heute noch nicht unten gewesen.«

»Sarah«, sagte Max, »wissen Sie eigentlich, was Justin in St. Ives zu tun hat?«

»Es kostet dich doch eine Menge Zeit, wenn du Marijohn immer bei jeder Kleinigkeit persönlich besuchen mußt. Oder suchst du gute Entschuldigungen für deine Besuche?« fragte Jon.

»Wenigstens ist mein Grund hierherzukommen, wesentlich besser als der deine. Auf jeden Fall stichhaltiger«, erwiderte Rivers.

»Himmel!« brummte Max. »Warum geht denn keiner von euch mit Marijohn zur Bucht hinunter? Michael, dich hat sie doch gefragt. Warum drückst du dich davor? Du bist doch eigens gekommen, um sie zu sehen.«

Jon warf seine Zigarette in den Kamin und stand auf.

»Komm, Sarah! Wir beide gehen ihr nach.«

Alle sahen Sarah an.

»Nein«, sagte sie laut. »Nein, ich will nicht mitkommen. Ich bleibe lieber hier.«

Jon hob die Schultern. »Wie du willst«, meinte er gleichgültig und schlenderte, ohne sich auch nur einmal umzusehen, durch die Verandatür und über den Rasen.

16

Die weißen Häuser von St. Ives badeten in der Sommersonne. Die See war still und ruhig. In einem der Häuser auf halber Höhe des Hügels saß Justin mit einer Tasse dampfenden Kaffees in der Hand und wunderte sich darüber, daß er einer fremden Frau seine Lebensgeschichte erzählt hatte. Allerdings hatte sie ihn nach den Nachwirkungen dieses schrecklichen Wochenendes in Clougy ausgefragt.

Anfangs war er ziemlich reserviert gewesen. Doch allmählich war er aus sich herausgegangen, denn sie hatte ihn nicht ausgelacht. Irgendwie empfand er sogar so etwas wie Vertrauen zu ihr.

»Sie haben bisher keinem Menschen erzählt, was Sie damals sahen?« fragte sie schließlich.

»Ich dachte, meinem Vater würde es ja doch nichts nützen.«

»Und Sie sind überzeugt, daß er Sophia nicht getötet hat, ja?«

»Davon bin ich überzeugt, denn er hat es mir gesagt. Es muß ein anderer gewesen sein. Und ich muß herausbekommen, wer es war.«

Sie dachte eine Weile nach und beobachtete den Rauch ihrer Zigarette, der sich im Licht der Sonnenstrahlen zu einem goldenen Nebel auflöste.

»Damals dachte ich«, sagte sie leise, »Jon könnte sie getötet haben, aber dieser Verdacht kam nur daher, weil sie ihm an jenem Wochenende wirklich sehr viel angetan hatte.

Vergangene Woche rief Max mich nun an und lud mich zum Abendessen ein. Ich wußte genau, daß er sich mit mir darüber unterhalten wollte, weshalb Jon nach Clougy zu gehen beabsichtigte. Wir trugen wirklich jedes kleinste Fetzchen unserer Erinnerungen zusammen. Max erklärte, er wollte Jons Einladung nach Clougy annehmen, um herauszubekommen, was da vorgeht. Er war überzeugt gewesen, daß Jon Sophia umgebracht hatte, aber zu dieser Theorie paßte nicht recht, daß Jon seine neue Frau dorthin brachte. Ich nahm mir deshalb ebenfalls ein paar Tage Urlaub, um zur Hand zu sein, falls Max etwas entdecken sollte. Aber je mehr ich über alles nachdenke, desto mehr komme ich zu der Ansicht, man soll nicht schlafende Hunde aufscheuchen. Schließlich sind inzwischen zehn Jahre vergangen, und Jon ist wieder verheiratet. Mir gefiel plötzlich der Gedanke nicht mehr, daß Max nur deshalb nach Clougy fuhr, um eine Vergangenheit, die besser begraben bleiben sollte, heraufzubeschwören.«

»Und deshalb haben Sie meinen Vater gewarnt?«

»Ja. Ich dachte, er müßte Maxens Motive für dessen Besuch in Clougy kennen.« Sie drückte ihre Zigarette aus. »Merkwürdig, wie sehr Max davon überzeugt ist, daß Sophia ermordet wurde. Schließlich hat damals doch kein Mensch von Mord gesprochen, oder? Die Jury entschied, es wäre ein Unglücksfall gewesen. Aber vielleicht waren wir alle derselben Meinung wie Max und wagten nur nichts zu sagen. Denn jeder von uns hatte nämlich ein Motiv, sie umzubringen; deshalb schwiegen wir. Was ist los? Haben Sie denn nicht vermutet, daß ich auch ein Motiv hatte, Ihrer Mutter den Tod zu wünschen?«

Er schüttelte den Kopf und ließ sie nicht aus den Augen.

»Ich war von Anfang an eine Außenseiterin. Alle – außer Sophia – stammten aus einer anderen Welt; selbst Sophias Caféhauswelt in Soho war nicht die meine. Damals war ich achtzehn und kannte Max noch nicht lange. Ich wußte nur, daß er reich war und in einer teuren, aufregenden Welt lebte. Natürlich verliebte ich mich in ihn. Das fällt einem nicht schwer, wenn man achtzehn ist und mit dem Kopf in den Wolken herumspaziert.

Er nahm mich an diesem Wochenende mit nach Clougy. Ich schwelgte in romantischen Träumen. Clougy habe ich aber, glaube ich, vom ersten Augenblick an nicht gemocht. Jon fand ich interessant, aber die anderen Leute langweilten mich. Jon schien mich indessen völlig zu übersehen, denn er war mit seiner Frau und seiner Kusine vollauf beschäftigt. Seine Kusine – nun, wir hatten einander nichts zu sagen, sprachen faktisch zwei verschiedene Sprachen. Ihr Mann war nett. Allerdings viel zu höflich, um noch freundlich zu sein. Auch er schien in seinen persönlichen Problemen aufzugehen, und Sophia mochte ich absolut nicht. Aber es war keine aktive Abneigung. Mir erschien sie nur recht vulgär.

Eine Stunde nach unserer Ankunft begann Sophia mit Max zu flirten. Ich nahm es nicht ernst, und das war mein Fehler. Am nächsten Morgen gab es zwischen Max und mir einen erbitterten Streit, und er verschwand mit Sophia nach St. Ives, angeblich zum Einkaufen. Ich glaube, ich war niemals mehr so unglücklich wie damals. Am Spätnachmittag kamen sie zurück. Erinnern Sie sich noch, daß Sie mir damals sagten, die beiden waren zum Schwimmen an die Bucht gegangen? Ich bin den beiden daraufhin gefolgt. Ich hörte sie reden, ehe ich sie sah. Mit ihrem häßlichen ausländischen Akzent erklärte sie Max, daß sie Clougy gründlich satt hätte und unbedingt weg von Jon und nach London zurückkehren wollte. Max wäre ihr Retter, sagte sie und unterbreitete ihm ihre Pläne: eine kleine Luxuswohnung in Mayfair, ein nettes Verhältnis, vielleicht auch eine nette Scheidung. Gott, wie ich sie haßte! Ich kann das gar nicht beschreiben. Als ich bemerkte, daß Max von ihren Plänen nicht übermäßig entzückt war, hätte ich am liebsten schallend gelacht. Erst versuchte Max ihr den Plan einigermaßen höflich und zartfühlend auszureden, doch dann wurde er ziemlich deutlich und erklärte ihr, daß er keine Luxuswohnung und kein nettes Verhältnis mit der Frau seines besten Freundes, keinen Skandal und keine Klage wegen Ehebruchs wollte. Nun, auf keinen Fall wollte er Sophia in London dauernd am Hals haben. Er wollte überhaupt kein Verhältnis mit ihr, weil er annahm, daß sie bald ausposaunen würde, daß sie seine Geliebte sei.

›Schau mal‹, sagte er, ›dein Spiel kann ich nicht mitspielen. Du suchst dir besser einen anderen Liebhaber.‹

Ich schloß erleichtert die Augen, während Sophia zischte: ›Ich muß hier weg. Du verstehst nicht. Ich werde wahnsinnig, wenn ich noch länger bleibe. Wenn du mich nicht nach London mitnimmst oder mir Geld gibst, daß ich anderswo bleiben kann, dann werde ich dich in ganz London unmöglich machen und deine Freundschaft mit Jon in Fetzen zerreißen.‹

›Weder das eine noch das andere wird dir gelingen‹, antwortete Max lachend.

›Wirklich nicht?‹ fragte sie herausfordernd. ›Dann laß es doch darauf ankommen.‹

›Ich werde darüber nachdenken‹, lenkte Max ein. ›Wir reden später noch mal drüber. Nach dem Abendessen treffen wir uns an den Flat Rocks, wo wir ungestörter sind.‹

In diesem Augenblick kam ich hinter den Felsen hervor. Max sah sofort, daß ich alles mitgehört hatte. Er wurde schrecklich wütend, weil ich ihm nachspioniert hatte, und ich warf Sophia alle Schimpfnamen an den Kopf, die mir einfielen, denn ich gab ihr an allem die Schuld. Sie lachte nur, was mich noch wütender machte.

Ziemlich aufgelöst rannte ich zum Haus zurück und heulte in meinem Zimmer zum Steinerweichen, denn ich wußte, mit Max war nun alles aus. Einige Wochen hindurch hatte ich mir vorgemacht, daß er mich liebte, aber ich war nur sehr dumm und sehr blind gewesen. Nun ja, mit achtzehn – da macht man leicht Fehler, nicht wahr?

Da ich wußte, wann er sich mit Sophia treffen sollte, wollte ich wenigstens versuchen, zuvor noch ein paar Worte mit ihm zu reden. Vielleicht würde er doch nicht auf Sophia hören, wenn ich ihm sagte, wie sehr ich ihn noch immer liebte. Leider kannte ich den Weg zu den Flat Rocks nicht.

Als ich hinunterkam, war es schon spät. Im Musikzimmer fand eben eine heftige Auseinandersetzung statt, aber die interessierte mich nicht. Ich hielt nach Max Ausschau und sah, wie er gerade in Richtung Bucht entschwand. Auf halbem Weg blieb er jedoch stehen. Als er umkehrte, sah er mich. Ich fragte ihn, wohin er ginge. Er hob die Schultern und sagte, er wolle ins Haus zurück.

›Hast du nicht eine Verabredung mit Sophia?‹ fragte ich. ›Warum gehst du wieder zurück?‹

Er antwortete: ›Es ist kälter, als ich dachte. Ich muß mir eine Wolljacke holen.‹

Ich ging mit und bat ihn, doch von Sophia die Hände zu lassen und sofort mit mir nach London zurückzukehren, aber er hörte nicht. Er ließe sich keine Vorschriften machen, sagte er, und er könne sein Leben auch ohne mich recht gut organisieren. Dann ging er ins Haus hinein, um eine Wolljacke zu holen. Ich blieb an der Gartentür stehen, weil ich ihm wieder folgen wollte, was ich dann auch tat. Aber er muß mich gesehen haben. An der Weggabelung hatten wir erneut einen heftigen Streit. Ich ließ ihn daraufhin allein zu den Flat Rocks gehen und setzte mich auf einen Felsen am Weg, um mich wenigstens ein bißchen zu beruhigen.

Im Musikzimmer brannte noch Licht, aber niemand war im Zimmer. Ich stand in der Halle, als Jon die Treppe herunterkam.

›Marijohn‹, rief er, als er mich sah, aber dann erkannte er mich. ›Wo ist Marijohn?‹ fragte er. ›Wohin ist sie gegangen?‹

Ich schüttelte den Kopf. Er sah sehr blaß aus.

›Ich muß Marijohn finden.‹

Er sagte das mehrmals.

›Wo sind denn alle anderen? Und wo ist Max?‹

Ich sagte es ihm. Er ging sofort zur Haustür, blieb nur noch einen Augenblick an der Truhe stehen, als suchte er etwas, und lief dann die Auffahrt entlang.«

Die Asche ihrer Zigarette fiel auf den Teppich.

»Ich habe Ihre Mutter nicht ermordet«, sagte sie nach kurzem Schweigen. »Ich hätte es tun können. Aber ich ging wieder in mein Zimmer hinauf und blieb dort, bis mir Max die grausame Neuigkeit erzählte.«

Beide schwiegen, und sie sah lange zu Boden. Als sie den Blick wieder hob, bemerkte sie zu ihrem Erstaunen, daß er sich in äußerster Konzentration vorbeugte und sie mit den dunklen Augen forschend ansah.

»Mein Vater war also im Haus, als Sie von der Bucht zurückkehrten?« fragte er.

»Ja. Das sagte ich Ihnen doch.«

»Und was hatte er an?«

»Was er anhatte? Du lieber Himmel, ich hab' wirklich keine Ahnung! Mir war in jener Nacht nicht so zumute, daß ich auf Kleider geachtet hätte. Warum?«

»Trug er eine rote Wolljacke?«
»Ich glaube nicht. Nein, bestimmt nicht. Er war, glaube ich, in Hemd und Hosen. Ja, jetzt fällt es mir wieder ein. Ich bemerkte sogar, daß sein Hemd am Hals nicht zugeknöpft und seine Haut schweißfeucht war. Er sah entsetzlich erschüttert und verstört drein. Er war weiß wie ein Laken und fragte nur immer nach Marijohn.«

17

Als es dunkel war, entschuldigte sich Sarah bei den anderen und sagte, sie wolle jetzt in ihr Zimmer gehen. Aber sie ging nicht hoch, sondern schlich sich aus dem Haus und wartete im Schatten neben der Gartentür. Es dauerte nicht lange, da erschien Rivers unter der Tür.

Er huschte leise über den Rasen.

»Sarah?« fragte er.

»Ja«, antwortete sie. »Hier bin ich.«

»Gut.«

Er kam näher. Sie spürte seine Überlegenheit. Erleichtert stellte sie fest, daß dieser Mann wohl mit jeder Situation fertig werden konnte. Er hatte sein Leben lang Probleme anderer Menschen gelöst; ja, vielleicht war er der einzige Mensch, der ihre Probleme voll verstand.

»Wir müssen ein Stück vom Haus weggehen«, flüsterte er. »Ich will auf keinen Fall, daß uns jemand belauschen kann.«

»Vielleicht zur Bucht hinunter?«

»Nein. Dort würden sie zuerst nach uns suchen. Wir gehen die Klippen hinauf.«

Rivers ging voran. Die Nacht war dunkel. Schwarze Wolken hingen am Himmel.

»Aber bitte nicht zu weit!« bat Sarah.

»Nur um die nächste Wegbiegung.«

Es war wirklich sehr dunkel. Sarahs Füße verfingen sich mehrmals im Heidekraut. Sie stolperte ein paarmal.

»Hier bleiben wir«, sagte er endlich.

Unterhalb des Weges war eine kleine Felsgruppe. Er half ihr hinunter, und sie setzten sich und sahen auf die See hinaus. Er bot ihr eine Zigarette an, doch sie schüttelte den Kopf.

»Darf ich rauchen?« fragte er, und sie nickte.

Wie höflich er ist, dachte sie. Er benimmt sich wie in einem Londoner Salon und nicht wie auf einer Klippe weit weg von allen Menschen.

»Wie haben Sie Jon kennengelernt?« erkundigte er sich.

»Bei einem Freund meiner Familie«, antworte sie. »Frank hatte mit Jon geschäftlich zu tun. Jon hatte ein Mädchen dabei, das ich nicht kannte. Damals ahnte ich nicht einmal, daß Jon an mir interessiert sein könnte, aber schon am nächsten Tag rief er an und lud mich in ein Konzert ein. Ich ging mit. Nun, Frank war schon ein wenig enttäuscht, aber ich freute mich, daß ich Jon wiedersah.«

»Ja, so etwas sieht Jon absolut ähnlich«, bemerkte Michael und starrte lange auf die Asche seiner Zigarette. »Ich lernte Jon und Marijohn kennen, als der alte Towers starb. Ich war damals Junior in der Anwaltsfirma, die seine Interessen wahrnahm, und half bei der Testamentsabwicklung. Marijohn war achtzehn. Ich werde nie vergessen, wie ich sie kennenlernte. Ein paarmal ging sie mit mir aus, aber sie hatte sehr viele Freunde, die alle mehr Geld hatten als ich, älter waren und weltmännischer als ich. Marijohn zog nämlich ältere Männer vor. Trotzdem hoffte ich, bis ich auf einer Party ein paar Leute über sie sprechen hörte und erfuhr, daß sie absolut wahllos mit den Männern schlief, die sie am meisten verwöhnten.

Ich kümmerte mich daraufhin längere Zeit nicht mehr um sie, doch vergessen konnte ich sie nicht. Gelegentlich rief ich sie an, um zu erfahren, mit wem sie gerade zusammenlebte. Es war eine höllische Zeit für mich. Ihr war das natürlich gleichgültig.

Doch plötzlich änderte sich alles. Eine ihrer Affären ging schief. Sie wurde schwanger, wollte das Kind loswerden, hatte aber kein Geld. Da kam sie zu mir. Und ich half ihr. Ich kümmerte mich um alles und bezahlte die Ärzte. Ich, ein Rechtsanwalt, gab mich zu einem Verbrechen her! Aber niemand erfuhr etwas davon.

Sie war damals schwerkrank, doch allmählich erholte sie sich wieder, und ich brachte sie aufs Land, damit sie noch kräftiger wurde. Mit mir schlafen konnte sie aber nicht.

Nach einer Woche verließ sie mich und kehrte nach London zurück. Ich folgte ihr und entdeckte, daß sie nach Cornwall zu gehen beabsichtigte.

›Ich will Jon sehen‹, erklärte sie mir.

Ich sehe sie heute noch vor mir. Sie trug ein dunkelblaues Kleid, das ihr viel zu weit war, weil sie so mager geworden war, und ihre Augen waren sehr blau und klar.

›Ich muß ein wenig mit Jon allein sein‹, sagte sie. ›Wenn ich zurückkomme, bleibe ich vielleicht bei dir, und du kannst dich dann um mich kümmern.‹

Ich hatte ihr wiederholt den Vorschlag gemacht, sie solle mich heiraten, aber sie meinte, sie müßte warten, bis sie von Jon zurückkomme.

›Du würdest auch dann nicht verstehen, was das mit uns beiden zu tun hat, wenn ich dir alles lang und breit erklären würde‹, fügte sie hinzu.

Einige Wochen später kam sie aus Cornwall zurück und war bereit, mich zu heiraten. Sie war wie verwandelt und sah auch viel besser aus als je zuvor. Die Hochzeit verlief sehr ruhig. Jon und Sophia kamen nicht, obwohl sie eingeladen worden waren.

Einige Zeit waren wir recht glücklich; ja, diese ersten sechs Monate waren so unbeschreiblich schön und friedlich, daß ich auch dann nicht auf sie verzichten würde, wenn alles, was danach kam, noch viel schlimmer gewesen wäre.

Eines Tages kam Jon von Penzance nach London. Und von da an wurde alles anders. Lange Zeit wurde mir nicht einmal klar, daß meine Ehe allmählich zerbröckelte. Marijohn wurde immer kälter, zog sich immer mehr zurück. Und je kälter sie wurde, desto mehr wollte ich sie. Und je mehr ich sie wollte, desto kälter wurde sie. Schließlich wollte sie sogar ein eigenes Schlafzimmer. Ich warf ihr vor, sie hätte etwas mit Jon, er käme ja oft genug nach London und würde sie ebenso oft nach Clougy einladen.

›Er ist ja auch der einzige Mann von allen, die mir begegnet sind, der nicht mit mir ins Bett gehen will‹, antwortete sie.

Ich lachte und antwortete, das würde er verdammt gern tun, wenn er nicht so in seine Frau vergafft wäre.

›Das verstehst du nicht‹, erklärte sie mir. ›Die Frage, daß ich mit ihm ins Bett gehe, stellt sich überhaupt nicht.‹

Das war merkwürdig. Für mich war das ein Schock.

›Was, zum Teufel, soll das heißen?‹ fuhr ich auf.

Und sie erwiderte: ›Ich kann nicht beschreiben, wie friedlich es ist. Es ist die vollkommenste Sache der Welt.‹

Ich hatte Angst, und das schien sie zu spüren. Aber ich wußte gar nicht, wovor ich Angst hatte. Ich versuchte, die Barriere zwischen uns zu zerreden, aber sie nannte alles, was ich sagte, nur Unsinn.

›Mir ist egal, was du denkst‹, sagte sie wörtlich. ›Dein Gerede ändert nichts an der Tatsache, daß der Sex für mich keine Bedeutung mehr hat. Er erscheint mir unwichtig, ja lächerlich. Es tut mir leid, Michael.‹

Sie schien es zu meinen. Aber ich liebte sie noch immer. Ich versuchte sie zu verlassen – doch ich konnte nicht. Und dann kam jene letzte Einladung nach Clougy.

Ich war entschlossen, Jon zur Rede zu stellen. Ich glaubte damals zwar, daß er ganz in seiner Frau aufging, aber wir waren noch keine fünf Minuten in Clougy, da wußte ich schon, daß Sophia ihn bis zum Äußersten trieb, daß sie seine Liebe zu ihr auf eine unerträgliche Probe stellte, bis er ihre Launenhaftigkeit und ihr oberflächliches Wesen nicht mehr ertragen konnte.

Als er sich von Sophia abwandte, da schien es, als würde er sich gleichzeitig Marijohn zuwenden.

Ich war außer mir und wollte mit Marijohn weg, aber sie

weigerte sich. Als ich mit Jon redete, gab er vor, keine Ahnung zu haben, was ich von ihm wollte. Doch Sophia war es, die schließlich das ganze Unheil auslöste.

Sie hatte eine Affäre mit Max. Jon war mit Marijohn im Musikzimmer, während Sophia mit Max nach St. Ives fuhr. Ich wollte nicht der unerwünschte Dritte sein und ging zum Fischen, denn ich wußte nicht, was ich tun sollte. Der Junge kam und unterhielt sich eine Weile mit mir. Er lenkte mich wenigstens ein bißchen ab. Zum Abendessen kehrte ich ins Haus zurück.

Sophia war ziemlich verlegen. Sie redete viel, und die anderen schwiegen. Als sie zu reden aufhörte, begannen Jon und Marijohn sich zu unterhalten. Von uns übrigen nahmen sie keine Notiz.

Ich begriff, daß Sophia wußte, was los war, und Stunk machen wollte.

Auch der Junge spürte offensichtlich die Spannung.

Da ich von den anderen ohnehin wegwollte, brachte ich ihn zu Bett. Ich las ihm vor und blieb etwa eine halbe Stunde bei ihm. Doch ich konnte nur immer an Sophia denken und überlegte, was sie wohl vorhatte. Würde sie sich von Jon scheiden lassen oder er von ihr? Was würde dabei herauskommen? Und inwiefern würde es Marijohn beeinflussen? All diese Überlegungen schmerzten mich unsäglich. Mir war, als wollten sie mir das Herz sprengen.

Als ich wieder hinunterkam, waren Jon und Marijohn im Musikzimmer und spielten Schallplatten. Sophia war mit Max in der Küche. Ich schloß hinter mir die Tür.

›Sophia weiß es‹, sagte ich, ›darüber seid ihr euch doch klar?‹

Jon sah mich scharf an.

›Was weiß sie?‹ fragte er.

Ich sagte, sie sollten doch andere nicht für dumm halten, und Marijohn meinte, ich sollte mich nicht so aufspielen.

›Vielleicht betrügst du mich tatsächlich nicht mit meiner Frau‹, sagte ich zu Jon, ›aber ihr benehmt euch jedenfalls so.

Und eure Behauptung, es wäre nichts dahinter, nimmt euch Sophia nicht ab. Ihr müßt aufhören, und zwar sofort, denn euer Spiel ist gefährlich.‹

Sie sahen zuerst sich, dann mich an, und ich wußte sofort: Sie verstanden einander wortlos. Trotz aller physischen Intimität zwischen Sophia und Jon war sie für ihn immer eine Fremde geblieben. Dieses Einvernehmen zwischen Jon und Marijohn ließ sich nicht in Worte fassen, nur spüren. Sophia konnte es nicht begreifen. Sie fühlte nur, daß es zwischen den beiden etwas gab, das sie ausschloß.

›Schau, Michael‹, begann Jon, aber in diesem Augenblick kam Sophia herein.«

Michael schwieg und sah auf die dunkle See hinaus.

»Bitte, nicht weitererzählen!« flüsterte Sarah. »Bitte, nicht!«

Aber er hörte nicht auf sie, er lauschte einem anderen Geräusch.

»Ich dachte, ich hätte eben etwas gehört«, sagte er, horchte, erzählte dann aber gleich weiter: »Es war eine schreckliche Szene. Ich weiß nicht mehr, was sie alles gesagt hat. Schließlich verließ Jon jedenfalls den Raum und ging über den Rasen davon. Marijohn verschwand in ihr Zimmer, und ich blieb allein mit Sophia.

Ich versuchte ihr gut zuzureden, doch sie wollte mich nicht anhören. Statt dessen lief sie nach oben und zog andere Schuhe an. Damals wußte ich noch nicht, daß sie mit Max an den Flat Rocks verabredet war.

Da also mit Sophia nicht zu reden war, suchte ich Marijohn, fand sie aber nicht.

Nach Sophias Tod glaubte ich zuerst, alles würde sich wieder einrenken. Marijohn und Jon sprachen lange miteinander. Ich weiß nicht was, aber sie beschlossen jedenfalls, sich im Guten zu trennen. Sophias Tod mußte sie sehr erschüttert haben. Sie wußten, so konnten sie nicht weitermachen. Jon ging nach Kanada, Marijohn kam mit mir nach London. Aber sie blieb nicht lange, und wir lebten auch nicht wie Mann und

Frau zusammen. Eine Weile war sie sogar in Paris, kam jedoch wieder zurück. Sie konnte sich nirgends und mit niemandem seßhaft machen. Meine Liebe wies sie zurück. Und schließlich wandte sie sich der Religion zu. Sie lebte in einem Kloster, als Jon vor wenigen Wochen nach London kam.«

Er warf seine Zigarette weg, die noch einmal aufglühte und dann erlosch.

»Sie verstehen also«, sagte er langsam und nachdrücklich, »wie wichtig es ist, daß Sie Jon von hier wegbringen. Es wird sich alles wiederholen. Ist Ihnen das nicht klar? Wir sind alle hier in Clougy wie damals, nur die Freundin von Max fehlt. Sie spielen Sophias Rolle.«

Schritte knirschten in der Nähe, dann flammte eine helle Taschenlampe auf.

»Was, zum Teufel, versuchst du meiner Frau einzureden, Michael Rivers?« dröhnte Jons harte Stimme gefährlich in der Dunkelheit.

18

»Bleiben Sie doch noch, und essen Sie mit mir zu Abend!« schlug Eve vor. »Ich kenne keinen Menschen in diesem Nest!«

»Nein, das geht nicht«, lehnte Justin ab. »Ich muß nach Clougy zurück.« Und weil seine Worte ein bißchen zu grob geklungen hatten, fügte er rasch hinzu: »Ich versprach, rechtzeitig zum Abendessen zu Hause zu sein.«

»Rufen Sie an und sagen Sie, Sie hätten etwas vor.«

»Nein!« Er wurde rot und schüttelte den Kopf. »Es tut mir sehr leid, aber ich muß zurück. Ich habe mit meinem Vater etwas zu besprechen. Es ist schrecklich wichtig.«

»Hängt es mit dem Tod Ihrer Mutter zusammen?« fragte sie. »Ist es etwas, was ich Ihnen sagte? Wissen Sie jetzt bestimmt, daß er sie nicht umgebracht hat?«

»Ja. Und ich glaube, ich weiß jetzt auch, wer es getan hat.«

Er öffnete die Tür, blieb aber stehen und sah sie nochmals an. Sie lächelte.

»Dann kommen Sie eben, wenn Sie Zeit haben, um mir zu erzählen, was passiert ist.«

Plötzlich war er wieder schüchtern. Er dankte ihr verlegen, dann ging er.

Das goldene Licht des Abends tat ihm wohl. Er schritt rasch die Straße entlang, und das letzte Stück zum Parkplatz am Hafen rannte er.

Die See war ein dunkelblauer Spiegel, der goldene Lichter vom Himmel einfing, und weit weg brachen sich die kleinen Wellen an den Sanddünen von Hayle.

Er keuchte, als er beim Wagen ankam. Nervös suchte er nach seinem Schlüssel. Er fürchtete schon, er hätte ihn verloren, als er ihn in der Innentasche seiner Jacke fand. Am ganzen Körper war ihm der Schweiß ausgebrochen.

St. Ives war mit Touristenbussen vollgestopft, die alle gegen Abend die Stadt verlassen wollten. Er brauchte endlos lange, bis er endlich die Landstraße erreichte. Und dann begann plötzlich der Motor zu stottern und zu spucken und – erstarb. Justin sah nach der Benzinuhr. Der Tank war fast leer.

Er stieg aus, schlug die Wagentür zu und machte sich auf den Weg zur nächsten Tankstelle.

19

Rivers stand auf. Er hatte es nicht eilig.

»Mach um Himmels willen die Taschenlampe aus!« sagte er ruhig und nur leicht gereizt. »Ich kann ja nichts sehen.«

Es klickte, und gleich darauf herrschte tiefste Dunkelheit.

»Sarah!« sagte Jon.

Sie bewegte sich nicht. Sie versuchte es, doch ihre Glieder gehorchten ihr nicht.

»Sarah, was hat er zu dir gesagt?«

Rivers trat einen Schritt vorwärts, und sie wußte, daß er ihr damit Sicherheit geben wollte. Ihr Mund war trocken, als wäre sie lange Zeit gerannt.

»Sarah!« schrie Jon. »Sarah!«

»Du lieber Himmel, Jon«, sagte Rivers ebenso ruhig und leicht gereizt wie zuvor, »reiß dich doch zusammen! Ich schlage vor, wir gehen alle zum Haus zurück und reden vernünftig miteinander, ehe wir uns hier in dunkler Nacht und auf einer Klippe allerhand Grobheiten an den Kopf werfen.«

»Dann geh du!« knirschte Jon und versuchte an Rivers vorbeizukommen, doch Rivers wich nicht zur Seite. »Laß mich vorbei!«

»Beruhige dich doch!« riet Rivers, noch immer ruhig. »Sarah fehlt nichts, außer daß sie einen Schock erlitten hat.«

»Geh mir aus dem...«

Sie rangen miteinander. Doch als es Sarah endlich gelang aufzustehen, ließ Michael Jon los und trat zur Seite.

»Sarah!« rief Jon und versuchte sie an sich zu ziehen.

»Laß mich!« wehrte sie ihn ab.

»Sarah, es ist nicht wahr, was er über Marijohn sagte. Es ist alles nicht wahr, was er sagte.«

Aber sie antwortete nicht.

Jon wirbelte zu Rivers herum. »Was hast du ihr eingeredet?«

Rivers lachte.

»Gib Antwort! Was hast du Sarah gesagt?« Jon packte Rivers bei den Schultern. »Was hast du gesagt?«

»Ich sagte ihr so viel, daß sie Clougy so schnell wie möglich verläßt. Nicht mehr.«

»Was, zum Teufel, willst du...?«

»Ich erzählte ihr zum Beispiel nicht, daß Sophias Tod kein Unfall war. Auch nicht, daß jemand sie vom Klippenpfad hinuntergestoßen hat, jemand, der einen guten Grund hatte, sie zum Schweigen zu bringen.«

»Du! Du!« keuchte Jon wutentbrannt.

»Jon!« schrie Sarah angstvoll.

Er drehte sich nach ihr um. Seine Brust hob und senkte sich.

»Hat er es dir gesagt?« fragte er leise.

Sarah lehnte sich gegen den Felsen. Sie war so erschöpft, daß sie nicht mal mehr nicken konnte. Wie aus einer anderen Welt hörte sie das Gelächter. Rivers machte sich über Jons Angst lustig. Ihre ganze Haut prickelte.

Jon wirbelte wieder zu Rivers herum.

»Wie konntest du das tun?« schrie er. »Du liebst doch Marijohn. Wir haben doch vor zehn Jahren vereinbart, daß niemand die Wahrheit erfahren soll. Du selbst sagtest, es wäre am besten für Marijohn, wenn niemand erführe, daß wir...«

Er schwieg plötzlich.

»Jon!« warnte Rivers.

»Ja«, sagte Sarah leidenschaftlich, »was denn? Daß du und sie...«

»Daß wir beide Geschwister sind«, flüsterte Jon. »Mein Gott, wußtest du das etwa nicht?«

20

Justin fand einen Wagen, der ihn zur Tankstelle mitnahm. Er hatte gerade soviel Geld bei sich, daß er den Mechaniker bezahlen konnte, der mit einer Benzinkanne zu seinem Wagen zurückfuhr. Die Sonne war schon untergegangen. Ein dünner Nebel zog auf.

»Jetzt müßt's wieder stimmen«, sagte der Mechaniker, als er den Tankdeckel aufschraubte. »Probieren Sie's mal!«

Der Starter wimmerte, aber der Motor sprang nicht an.

»Muß an der Benzinzufuhr liegen«, meinte Justin, »denn es war ja noch Benzin drinnen, nach der Benzinuhr wenigstens.«

»Komisch!« meinte der Mechaniker und klappte die Motorhaube hoch. »Wollen mal sehen...«

21

Sarah rannte. Das Heidekraut zerkratzte ihre Beine. Sie keuchte, bis sie die Lichter von Clougy sah und wußte, daß sie der erstickenden Dunkelheit entronnen war.

Max Alexander kam in die Halle heraus, als sie durch die Vordertür taumelte. Mit geschlossenen Augen lehnte sie sich an die Wand, um wieder zu Atem zu kommen.

»Sarah, was ist los? Ist Ihnen etwas passiert?« fragte Max.

Sie ließ sich auf die Treppe fallen. Es war ihr egal, daß er ihre Tränen sah. Ein herzzerbrechendes Schluchzen erschütterte ihren ganzen Körper.

»Sarah!« sagte er zart, kniete neben ihr nieder und legte ihr einen Arm um die Schultern, »sagen Sie mir, was passiert ist! Wenn ich Ihnen helfen kann...«

»Wo ist Marijohn?«

»In der Küche, glaube ich. Geschirr spülen. Warum?«

»Max, wollen Sie – können Sie...?«

»Ja, was? Sagen Sie mir nur, was ich tun soll.«

»Ich – ich möchte weg von hier. Können Sie mich nach St. Ives fahren? Oder nach Penzance? Irgendwohin – und zwar jetzt sofort?«

»Ja, aber...«

»Ich muß allein sein. Nachdenken. Bitte, helfen Sie mir.«

»Ah, ich verstehe. Ja, natürlich. Gut, ich fahre den Wagen nach vorn. Und Sie packen ein Köfferchen, ja?«

Sie nickte, und er half ihr aufstehen.

»Geht es?« fragte er.

»Ja«, antwortete sie. »Ja. Vielen Dank.«

Er wartete, bis sie die obere Diele erreichte, dann ging er zur Haustür. Sie hörte seine Schritte auf dem Kies.

In ihrem Zimmer holte sie den kleinsten Koffer aus dem Schrank und überlegte, was sie einpacken sollte. Doch plötzlich spürte sie, daß sie nicht allein im Zimmer war. Sie drehte sich um. Es war Marijohn.

»Was ist?« fragte Sarah unsicher. »Was willst du?«

Die Tür fiel ins Schloß. Marijohn drehte den Schlüssel um und stellte sich vor die Tür. Unten begann das Telefon zu läuten. Niemand nahm den Hörer ab.

»Ich hörte eben deine Unterhaltung mit Max«, sagte Marijohn. »Da wußte ich, daß ich mit dir reden muß.«

Das Schweigen hing schwer zwischen ihnen.

»Wenn du jetzt Jon verlassen würdest, wäre das das Dümmste, was du tun könntest«, sagte Marijohn schließlich. »Nichts, was in der Vergangenheit geschehen ist, ändert etwas daran, daß er dich liebt und braucht.«

Sie ging zum Fenster und sah in die Nacht hinaus.

»Sophia machte einen großen Fehler«, fuhr sie dann fort. »Er liebte sie, aber sie warf ihm diese Liebe ins Gesicht. Sie liebte ihn nie wirklich; sie verstand ihn nicht. Aber du liebst und verstehst ihn doch, nicht wahr? Ich weiß, daß du's tust. Du bist anders als Sophia. Das wußte ich in dem Augenblick, als ich dich sah.«

Sarah vermochte kaum zu atmen. Sie grub ihre Fingernägel tief in ihre Handballen, bis sie schmerzten.

»Ich will, daß Jon glücklich ist«, sagte Marijohn. »Mehr will ich nicht. Ich dachte, es mache ihn glücklich, wenn er mit dir ein paar Tage hier sein könnte. Niemals habe ich geglaubt, daß es wieder zu irgendwelchen Problemen kommen könnte. Aber wir täuschten uns beide.

Wir werden nie mehr eine Gelegenheit haben, miteinander zu sprechen. Weißt du, daß er morgen wegfahren will? Und wenn er geht, werde ich ihn nie wiedersehen. Das weiß ich.«

Sie strich über die weiche Seide der Vorhänge. Ihre Blicke hingen an einem imaginären Punkt in der Dunkelheit draußen.

»Ich weiß nicht, was ich tun soll. Ich habe noch nicht darüber nachzudenken gewagt. Wie soll ich dir nur alles erklären? Es ist so kompliziert, daß ich mich sehr primitiv ausdrücken muß.

Ich kann ohne Jon nicht leben, er ohne mich jedoch recht

gut. Das habe ich schon immer gewußt. Mit Liebe hat das nichts zu tun. Er hat mich zwar gern und ich ihn, doch das ist unwichtig. Diese Beziehung zwischen uns würde auch bestehen, wenn wir einander haßten. Wenn ich es mit Farben ausdrücke, wird es wohl am verständlichsten. Ist er nicht da, dann ist die Welt grau; ich lebe nur halb und bin schrecklich einsam. Ist er aber da, dann wird die Welt bunt und strahlend, ich lebe, und das Wort Einsamkeit existiert nicht für mich. Mir geht es jedenfalls so, Jon leider nicht. Er lebt in einer ganz anderen Welt. Auch wenn ich nicht in seiner Nähe bin, lebt er ein volles, erfülltes Leben. Deshalb konnte er heiraten und glücklich sein. Ich kann nie wieder heiraten. Ich hätte auch Michael nicht heiraten dürfen. Aber Jon sagte mir damals, ich sollte es tun. Ich war unglücklich, immer unglücklich.

Ich weiß nicht, wann ich dieses Gefühl für Jon entdeckte. Es muß aber kurze Zeit nach der Scheidung seiner Eltern gewesen sein. Damals wurde ich von Jon getrennt und in ein Internat gesteckt. Die Welt war plötzlich so seltsam ohne ihn. Als ich dann vierzehn war, kam Jons Vater nach London zurück, nahm mich aus dem Kloster und brachte mich in sein Haus. Und damit war ich wieder bei Jon. Ja, damals entdeckten wir beide diese merkwürdige Anziehungskraft. Diese Entdeckung war so erregend, als hätten wir eine neue Dimension gefunden. Sein Vater verstand unsere Beziehung falsch und dachte das Schlimmste. Er trennte uns wieder. Und damit begannen meine Männergeschichten.

Ich konnte nie genug haben, denn ich wollte wieder Farbe in meine graue Welt bringen. Jon heiratete indessen Sophia und war glücklich. Ich war froh darüber, obwohl es für mich entsetzlich war, ihn zu verlieren. Es wäre vielleicht nur halb so schlimm gewesen, wenn ich sie gemocht hätte, aber sie war ein stupides Luderchen. Ich wußte gar nicht, was er an ihr fand. Ich machte also mit meinen Affären weiter, bis eine dann schiefging. Damals haßte ich die Männer, das Leben, die ganze Welt.

Jon hat mich geheilt. Ich ging nach Clougy, und er erweckte mich wieder zum Leben und versprach, mit mir in Verbindung zu bleiben. Kurz danach heiratete ich Michael. Armer Michael! Er war immer sehr gut zu mir, und ich konnte es ihm nie vergelten.

Auch Michael konnte diese Anziehungskraft nie verstehen. Auch er glaubte an eine unerlaubte Beziehung zu Jon. Aber es war nichts. Jon und ich haben niemals eine Zärtlichkeit ausgetauscht, die irgendwie auch nur im entferntesten als ungehörig ausgelegt werden könnte. Was uns verbindet, hat nichts mit Sex zu tun. Es ist etwas ganz anderes und bestimmt nicht schlecht.

Sophia begriff natürlich überhaupt nichts. Mein Gott, war sie eine dumme Gans!«

Irgendwo schlug eine Tür zu. Auf der Treppe waren Schritte zu hören. Jemand rief nach Sarah. Marijohn schloß die Tür auf, als Jon auf die Klinke drückte.

»Sarah«, begann er, stockte aber, als er Marijohn sah.

»Ich wollte es ihr erklären«, sagte Marijohn leise. »Ich versuchte es ihr zu erklären.«

»Sie weiß es schon. Du bist zu spät gekommen.«

Marijohn wurde blaß. »Aber wie...?«

»Ich sagte es ihr selbst«, erklärte Jon. »Ich dachte, Michael hätte es ihr ohnehin schon gesagt. Wahrscheinlich vermutet sie, daß wir beide ein erstklassiges Motiv hatten, Sophia zu ermorden.«

22

Zum Glück hatte der Mechaniker eine Taschenlampe dabei. Justin war schrecklich ungeduldig und blickte sich dauernd hilfesuchend um. Und plötzlich bemerkte er Licht in einem Bauernhaus, das wenige hundert Meter entfernt war.

»Ich bleibe nicht lange aus«, rief er und machte sich auf den Weg. »Muß nur telefonieren.«

Die Frau, die ihm öffnete, war ziemlich abweisend, doch

als er höflich bat, das Telefon benützen zu dürfen, führte sie ihn zum Apparat und ließ ihn allein.

Er rief Clougy an. Am anderen Ende läutete es ununterbrochen, aber niemand hob den Hörer ab.

»Tut mir leid, Sir«, sagte die Dame von der Vermittlung schließlich, »das Telefon scheint nicht besetzt zu sein.«

23

Beide sahen Sarah unverwandt an. In diesem Augenblick wurde ihre innere Verwandtschaft so klar und deutlich erkennbar wie nie zuvor.

»Womit hat Sophia gedroht?« hörte sie sich sagen.

Ihre Stimme klang erstaunlich kühl.

»Das kannst du dir doch vorstellen«, antwortete Jon. »Sie wollte Marijohns Namen in den kommenden Scheidungsprozeß hineinziehen. Kannst du dir vorstellen, wie gemein ihr eifersüchtiger Racheplan war? Kannst du dir vorstellen, wie sehr sie nach Zerstörung dürstete? Wie sehr sie verletzen und mit Schmutz um sich werfen wollte?«

»Ja, ich verstehe.«

Und sie verstand auch. So sehr, daß ihr übel wurde. Sie fühlte sich ganz benommen.

»Marijohn ist illegitim«, erklärte er. »Wir haben den gleichen Vater. Ihre Mutter starb kurz nach der Geburt, und mein Vater nahm sie trotz der Proteste meiner Mutter in die Familie auf. Nach der Scheidung mußte er sie natürlich weggeben. Sie hätte unter Mutter allzu viel gelitten.«

»Jon«, sagte Sarah nach einem langen, bedrückenden Schweigen, »Jon, hast du…?«

Er wußte, was sie fragen wollte, er spürte es geradezu.

»Nein«, antwortete er. »Ich habe Sophia nicht getötet. Du mußt mir das glauben, denn ich schwöre, es ist die Wahrheit. Ich will dir jetzt auch sagen, warum ich dich belog, als ich behauptete, Sophias Tod wäre ein Unfall gewesen. Ich dachte,

Marijohn hätte sie hinuntergestoßen. Alles, was ich tat, diente nur dem einen Zweck: Marijohn zu schützen. Natürlich ahnte ich nicht, daß Marijohn glaubte, ich hätte Sophia ermordet. Trotz unserer sonstigen Einfühlungsgabe litten wir zehn Jahre lang unter diesem Irrtum. Ist das nicht eine Ironie?«

Sie sah ihn nur an, konnte aber nicht antworten. Nicht einmal bewegen konnte sie sich.

Jon trat auf sie zu. Marijohn stand an der Tür.

»Nach dem Abendessen hatte ich eine große Szene mit Sophia«, fuhr er fort. »Auch Michael war da. Anschließend ging ich in den Garten hinaus, setzte mich in einen Schaukelstuhl und dachte nach. Dann kehrte ich ins Haus zurück, um mit Marijohn zu sprechen. Sie war jedoch weder unten noch in ihrem Zimmer. Unten traf ich nur Eve in der Halle. Sie sagte mir, Sophia wäre zu den Flat Rocks gegangen, um dort Max zu treffen. Und da kam mir die Idee, Marijohn könnte Sophia nachgegangen sein, um ihr vernünftig zuzureden. Ich rannte also auch hinunter und den Pfad zur Klippe hinauf.

Ich hörte Sophia kreischen: ›Laß mich los!‹ Und dann folgte ein mörderischer Schrei. Ich war noch etwa hundert Meter von den Flat Rocks entfernt. Als ich außer Atem ankam, sah ich Marijohn am Rand der Klippe stehen und hinunterstarren. Auch sie keuchte, als wäre sie gerannt oder – hätte gekämpft.

Sie erzählte, sie hätte den Schrei gehört, als sie einen Spaziergang über die Klippen nach Sennen machte.

Wir gingen dann hinunter. Max beugte sich über Sophia. Er hatte unten auf sie gewartet. Das hat er wenigstens behauptet.«

Sarah wandte sich an Marijohn. »Welch ein Zufall, daß du gerade in der Nähe warst! Was veranlaßte dich, gerade in jenem Augenblick, als Sophia getötet wurde, über die Klippen zu gehen?«

Jon war blaß vor Zorn.

»Sarah!« knirschte er.

Doch Marijohn unterbrach ihn und erklärte: »Ich fühlte, daß Jon mich brauchte, ahnte, daß er nach mir Ausschau hielt. Deshalb blieb ich auch stehen.«

»Oh, wie interessant!« meinte Sarah ironisch. »An Telepathie habe ich allerdings noch nie geglaubt.«

»Was meinst du damit?« fuhr Jon auf. »Daß ich lüge? Daß Marijohn lügt? Daß wir beide lügen?«

Sarah ging an ihm vorbei und öffnete die Tür.

»Einer von euch muß lügen«, erwiderte sie. »Das ist doch klar. Sophia schrie, ehe sie fiel: ›Laß mich los!‹ Das heißt, daß sie sich gegen jemanden wehrte, der sie hinunterstieß. Jemand hat sie umgebracht, und jeder von euch beiden – das hast du selbst gesagt, Jon – hatte ein ausgezeichnetes Motiv.«

»Sarah!«

»Jon, laß sie gehen! Laß sie in Ruhe!«

Draußen auf dem Korridor holte Sarah tief Luft, als wäre sie lange Zeit in einer dumpfen Zelle eingesperrt gewesen. Sie eilte die Auffahrt hinunter. Die Nachtluft war köstlich frisch. Ein Stück vom Haus entfernt fühlte sie sich plötzlich wundervoll frei, unbeschreiblich erleichtert nach der ungeheuren Anspannung.

Er wartete am Gartentor auf sie. Sie war so mit ihren eigenen Gefühlen und ihrem Wunsch, allem zu entfliehen, beschäftigt, daß sie nicht einmal merkte, wie er ihr über den Klippenpfad folgte.

24

»Komisch!« sagte der Mechaniker, als Justin zurückkam. »Der Vergaser ist's nicht. Ich krieg' den Burschen nicht zum Laufen. Kann beim besten Willen im Moment nicht sagen, was da nicht stimmt.«

Justin überlegte. Bis zum Flughafen St. Just würde ihn sicher jemand mitnehmen. Von dort aus hatte er nur noch eineinhalb Meilen bis nach Clougy, und von St. Just aus konnte er auch noch mal anrufen.

»Gut. Ich werde versuchen, mitgenommen zu werden«, sagte er dem Mechaniker. »Können Sie dafür sorgen, daß der Wagen abgeschleppt wird? Sie können dann in der Werkstatt nachsehen, was fehlt.«

»Kann ich auch jetzt, wenn Sie wollen.«

»Ich habe keine Zeit. Ich muß zusehen, daß ich weiterkomme.« Er drückte dem Mann ein gutes Trinkgeld in die Hand. »Und vielen Dank für Ihre Mühe. Gute Nacht.«

25

Der Klippenpfad machte einen Bogen um einen Felsen. Die erleuchteten Fenster waren nun nicht mehr zu sehen. Sarah blieb einen Augenblick stehen, um dem Rauschen des Wassers zu lauschen und ein wenig zu verschnaufen. Unwillkürlich warf sie einen Blick über die Schulter, und da erst sah sie den Mann. Wie versteinert vor Angst blieb sie stehen. *Und Sie spielen Sophias Rolle*, klang es in ihren Ohren.

Die würgende Angst benahm ihr den Atem. Wellen der Benommenheit überfluteten sie, aber sie taumelte weiter, wagte nicht mehr stehenzubleiben, wagte auch nicht zu fragen, weshalb jemand ihren Tod wünschen konnte. Sie wußte nur mit schmerzhafter Klarheit, daß sie in Gefahr war und daß sie ihr entrinnen mußte. Aber wo sollte sie sich verstecken? Es gab hier kein Versteck.

Da fielen ihr die Felsen unten ein. Am Fuß der Klippen gab es unzählige Möglichkeiten, sich zwischen den Felsen zu verstecken. Und vielleicht führte sogar ein Pfad am Strand entlang zur Bucht und zurück zum Haus.

Sie folgte also dem nach abwärts führenden Pfad und kletterte die Stufen hinunter zu den Felsen. Das Meer dröhnte in ihren Ohren. Ihre Beine drohten unter ihr nachzugeben.

Der Mann rannte jetzt. Sie beschleunigte ebenfalls ihr Tempo. Vor Angst zitternd, klammerte sie sich an die steilen Vorsprünge und rutschte schließlich das letzte Stück einfach hinunter. Als sie zu laufen begann, stolperte sie und fiel. Mühsam richtete sie sich auf. Der Mann stand auf den Stufen über ihr. Sie rückte hinter den Felsen, neben dem sie lag, und wagte dann nicht mehr, sich zu rühren. Inbrünstig betete sie, er möge sie nicht gesehen haben.

»Sarah?« rief er.

Es klang besorgt. Sie antwortete jedoch nicht.

Vorsichtig stieg er die Stufen hinab.

Er soll fallen, wünschte sie, ausrutschen und fallen.

Der Mann fluchte laut vor sich hin. Es regnete Sand und Kieselsteine, weil er so ungeschickt herunterkletterte.

»Sarah?« rief er wieder. »Ist doch alles gut, Sarah. Ich bin's doch.«

Sie rückte noch näher an den Felsen heran. Ihre Schulterblätter schmerzten von dem Druck. Ihr ganzer Körper schmerzte.

Als er unten war, blieb er lauschend stehen. Über die Flat Rocks spielten die Wellen.

Und dann sah er sie. Langsam kam er auf sie zu.

Sie begann zu schreien.

26

Justin rannte. Er rannte an der Farm vorüber nach Clougy. Er wußte nicht, was er befürchtete, er wußte nur, daß der Mörder seiner Mutter sich im Haus befand und daß niemand die Wahrheit kannte außer ihm und dem Mörder. Er wußte nicht einmal, weshalb seine Mutter ermordet worden war. Die Sinnlosigkeit der Tat quälte ihn, aber er zweifelte nicht daran, daß er den Mörder kannte. Nach dem, was Eve gesagt hatte, konnte es nur einer gewesen sein.

Er hörte das Wasser am Mühlrad, und dann war er endlich in Clougy. Atemlos stolperte er durch die offene Tür in die beleuchtete Halle.

»Vater!« brüllte er.

Zum erstenmal seit zehn Jahren sprach er dieses Wort bewußt und selbstverständlich aus.

»Vater, wo bist du?«

Er stürmte in das Wohnzimmer, in das Musikzimmer. Nirgends sah er jemanden.

»Sarah!« schrie er.

Doch auch Sarah antwortete nicht.

Eine unheilvolle Ahnung überkam ihn, ein warnender Blitz. Er lief die Treppe hinauf, den Korridor entlang und riß die Tür zum Schlafzimmer seines Vaters auf.

Sie saßen nebeneinander am Fenster. Sein Vater sah unglücklich, fast verstört aus, und Marijohns stilles, schönes Gesicht war von Tränen überströmt.

»Justin, was, um Himmels willen...?«

»Wo ist Sarah?« Er keuchte vor Anstrengung und Erschöpfung. »Wo ist sie?«

Im Korridor waren Schritte zu hören. Eine Gestalt erschien unter der Tür.

»Sie ist mit Michael auf einem Spaziergang«, sagte Max Alexander.

27

»Schon gut, Sarah, schon gut. Ich bin's ja nur.«

Michael Rivers' Stimme klang beruhigend, aber sie kam wie aus weiter Ferne.

Sie zitterte noch immer. In ihrem Kopf drehte sich ein Karussell. Sarah ließ sich von Michael weiter nach unten führen, bis sie am Rand des Wassers auf den Flat Rocks standen.

»Warum – sind Sie mir gefolgt?« konnte sie endlich fragen, als sie auf dem Felsen saß.

»Ich sah Sie weggehen und konnte mir einfach nicht vorstellen, wohin Sie wollten, noch was Sie vorhatten. Ich rechnete schon damit, daß Sie Selbstmord begehen wollten.«

»Selbstmord? Warum?«

Sie starrte ihn entgeistert an. Der Gedanke, all ihren Schwierigkeiten und ihrem Unglück durch Selbstmord zu entfliehen, war ihr nie gekommen.

»Wie lange sind Sie verheiratet? Zwei Wochen? Oder drei? Und nun entdecken Sie bereits, daß Ihr Mann mit einer anderen Frau ein – recht merkwürdiges Verhältnis hat und...«

»Wir reisen morgen ab«, unterbrach sie ihn. »Marijohn hat es mir gesagt. Jon wird sie nie wiedersehen.«

»Vor zehn Jahren hat er das schon mal gesagt. Ich würde nichts darauf geben, wenn ich Sie wäre. Und wie soll Ihre Ehe weitergehen? Er gehört Ihnen nie ganz. Ein Teil seines Herzens wird immer bei Marijohn sein. Guter Gott, ich muß doch schließlich wissen, wovon ich rede! Ich versuchte mit Marijohn weiterzuleben, nachdem Jon unsere Ehe zerstört hatte, aber es ging nicht. Es war nichts mehr rückgängig zu machen.«

»Hören Sie auf!« fuhr Sarah ihn an.

»Warum sollten Sie also nicht an Selbstmord denken, wo Sie doch wissen, daß Ihre Dreiwochenehe vorbei ist? Wenn Sie auch noch jung sind – der Schock war zu groß. Zur Zeit der Ebbe sind die Strömungen besonders gefährlich...«

Sie versuchte, sich von ihm loszureißen, doch er hielt sie fest.

»Ich dachte damals auch an Selbstmord, an jenem Wochenende«, fuhr er fort. »Ich ging zum Fischen und überlegte, was ich tun könnte. Ich war außer mir. Später kam der Junge und redete und redete auf mich ein, bis ich mit ihm zum Haus zurückging. Marijohn war im Schlafzimmer. Mir wurde erneut bewußt, wie sehr ich sie liebte, daß ich sie nie mit einem anderen Mann würde teilen können, selbst wenn ihre Beziehung zu ihm absolut unverdächtig sein sollte. Das wollte ich Jon sagen. Ich rechnete mit einer Szene. Nun, die kam dann auch nach dem Abendessen. Aber ich gewann. Jon war erschüttert. Ich sehe sein Gesicht noch genau vor mir. Und dann, o dann mußte Sophia dazukommen und mit Scheidung und Skandal drohen. Du lieber Gott! Wenn ich mir vorstellte: Marijohns

Name durch sämtliche Skandalblätter gezerrt, und wie meine Freunde und Kollegen nur noch ›armer Michael‹ sagen würden – scheußlich, einfach unerträglich scheußlich! Sophia war dabei, meine ganze Welt zu zerstören.«

»Und deshalb haben Sie Sophia ermordet?«

Er sah sie voll an.

»Ja, ich habe sie ermordet«, sagte er gedehnt. »Jon ging nach dem Tod Sophias weg und versprach, sich nie wieder mit Marijohn in Verbindung zu setzen. Ich glaubte, Marijohn gehörte nun wieder mir, hoffte, wir könnten wieder glücklich sein.« Sein Gesicht verzerrte sich. »Aber sie wollte nicht zu mir zurückkehren. Ich hatte einen Mord begangen, um sie vor der Vernichtung zu bewahren, und ihre Antwort darauf war: Sie könne nicht mehr mit mir zusammenleben.«

Eine Welle spülte über den Felsen, auf dem sie saßen. Der weiße Schaum versprühte in der Finsternis.

»Sophia wußte, daß Jon und Marijohn Geschwister waren«, fuhr er nach einer Pause fort. »Hätte sie nichts davon gewußt, dann wären ihre Anschuldigungen in ihrer Tragweite nicht ganz so fürchterlich gewesen. Diese Blutsverwandtschaft war nur ganz wenigen Leuten bekannt. Man hatte sie immer geheimgehalten, um Jons Mutter Unannehmlichkeiten zu ersparen. Der alte Towers hatte anfangs behauptet, Marijohn wäre das Kind eines verstorbenen jüngeren Bruders, und später wollten sie nicht, daß Marijohn unter ihrer Illegitimität litt. Ich war immer der Meinung gewesen, Sophia hätte gar nichts davon zu wissen brauchen, aber Jon sagte es ihr bald nach der Hochzeit, und so wußte sie es von Anfang an.«

Sarah überlegte inzwischen fieberhaft, wie sie Rivers entrinnen konnte. War es möglich, die nächsten Felsen zu erreichen? Und wenn sie sich unauffällig nach rückwärts zurückzog?

Vorsichtig sah sie sich um und rutschte ein Stückchen zurück. Rivers sprach indessen weiter.

»Ja, sicher werden Sie sich bald von Jon scheiden lassen.

Denn selbst wenn Ihre Ehe diese Krise überlebt – es folgen neue. Sie kennen jetzt – wie Sophia seinerzeit – die Wahrheit. Und darum wird Marijohns Name eines Tages in den Schmutz gezogen werden. Wenn es zur Scheidung kommt, werden Sie so verbittert sein, daß Ihnen jede Waffe recht sein wird, um zurückzuschlagen. Darin liegt die Gefahr für Marijohn. Und das will ich vermeiden, denn ich liebe sie noch immer, und ich gebe die Hoffnung nicht auf, daß sie eines Tages zu mir zurückkehrt. Doch auch wenn sie das nicht tut – ich werde sie immer lieben. Das weiß ich sicherer als sonst irgend etwas auf der ganzen Welt.«

Sarah hatte inzwischen festgestellt, daß ein Entkommen nicht möglich war. Der Pfad war so eng und steil, daß sie in der Dunkelheit leicht danebentreten und in eine Lagune stürzen konnte.

»Es wäre also wirklich sehr passend, wenn Sie Selbstmord begingen«, erklärte er nachdrücklich. »Die Schuld könnte ich auf Jon schieben, falls ein Mord vermutet würde. Auch bei Sophia hatte ich Jon die Rolle des Verdächtigen zuerkannt. Deshalb zog ich auch den roten Pullover von ihm an, damit im Zweifelsfall jeder bezeugen konnte, daß Jon zur fraglichen Zeit zu den Klippen gegangen war. Daß Sophia sich mit Max an den Flat Rocks verabredet hatte, hörte ich zufällig, als Sophia Max an den Treffpunkt erinnerte.

Nach dem Abendessen ging jeder seine eigenen Wege. Jon in den Garten, Marijohn ins Wohnzimmer und Sophia hinauf, um andere Schuhe anzuziehen. Diesen Moment nützte ich aus. Ich nahm Jons Pullover von der Truhe in der Halle und eilte vor Sophia zu den Klippen. Ich mußte nicht lange warten.

Ein Mord wurde nie vermutet. Die Polizei war dumm. Sie redeten von Selbstmord und Unfall, nie aber von Mord. Sehen Sie, niemand vermutete irgendwelche Motive.«

»Michael!« flehte Sarah.

Er drehte sich zu ihr um. Sie erkannte die düstere Trauer in seinen Augen.

»Michael, wenn ich nun verspreche, daß ich mich nicht von Jon scheiden lasse und das Geheimnis sicher aufbewahre...«

»Mein liebes Kind, Sie verschwenden Ihren Atem. Ich habe Ihnen einen Mord gestanden, und so ein Geheimnis behält kein Mensch für sich. Das ist ausgeschlossen.«

Sie wandte sich um und fragte: »Was ist das?«

Instinktiv drehte auch er sich um. Der Trick war geglückt. Blitzschnell war sie auf den Füßen und rannte zu den Felsen, um sich zu verstecken. Er schrie etwas, dann stürzte er hinter ihr drein.

Die Felsen sahen aus wie riesige Grabsteine. Die See rauschte noch lauter als das Blut in ihren Ohren. Der Granit zerschrammte ihre Hände, riß ihre Strümpfe in Fetzen und bohrte sich schmerzhaft durch die dünnen Sohlen ihrer Schuhe. Sie kletterte, quetschte sich zwischen Felsen hindurch, stolperte, fiel in ein Wasserloch und sprang wieder auf. Michael kam von Minute zu Minute näher. Als sie am Fuß der Klippen war, blieb sie mit dem Schuh in einer Spalte hängen und verstauchte sich den Knöchel. Unwillkürlich gab sie einen Schmerzenslaut von sich, und im selben Moment sah sie ein Lichtpünktchen oben auf dem Klippenpfad.

»Jon!« schrie sie. »Jon, Jon!«

Dann war Rivers neben ihr. Sie mußte um ihr Leben kämpfen. Verzweifelt biß, kratzte, schlug sie ihn, bis alles vor ihren Augen verschwamm. Noch ein letztes Mal versuchte sie zu schreien, doch sie brachte keinen Ton hervor. Seine Finger umschlossen ihren Hals.

Rote Lichter flammten durch ihr Gehirn. Sie versuchte zu atmen, doch es ging nicht. Ihre Hände wurden schlaff. Sie konnte sich nicht mehr gegen seinen Würgegriff wehren. Aber sie hörte noch den Ruf von oben und dann den klappernden Sturzbach aus Kieselsteinen.

Rivers keuchte, ließ dann los, fiel gegen die Felsen zurück und war im nächsten Augenblick verschwunden.

Eine Sekunde später hüllte wohltuende Dunkelheit sie ein und löschte Angst und Entsetzen aus.

28

Später erfuhr sie, daß ihre Ohnmacht kaum länger als eine Minute gedauert hatte. Als sie wieder zu sich kam, beugte sich ein Mann über sie. Der Mann war außer sich. Auf seiner Stirn perlte Schweiß, und seine Augen drückten Angst und Besorgnis aus.

»Sarah, Sarah, Sarah!« sagte er immer wieder, als würde es außer diesem Wort kein anderes mehr geben.

Sie hob eine Hand und legte ihm den Finger auf den Mund.

»Geht es ihr gut?« fragte eine andere bekannte Stimme.

»Wo, zum Teufel, ist Rivers?«

Der Mann, dessen Lippen sie eben berührt hatte, stand auf.

»Bleib hier bei Sarah, Max! Hast du verstanden? Laß sie keine Sekunde allein. Bleib bei ihr!«

»Jon!« flüsterte sie. »Jon!«

Er beugte sich nochmals über sie.

»Ich suche ihn«, sagte er leise. »Justin ist schon hinter ihm her. Max wird sich um dich kümmern.«

»Er – hat Sophia – ermordet. Jon, er hat es – selbst gesagt.«

»Das weiß ich, Sarah«, sagte er und rannte los.

Max Alexander atmete schwer, als sei diese unerwartete sportliche Übung zu anstrengend für ihn gewesen.

»Max!« flüsterte Sarah.

»Ja, ich bin da.«

Er setzte sich neben sie und tätschelte beruhigend ihre Hand. Sie hatte das Gefühl, daß er sich ehrlich um sie sorgte und sie gern hatte. Doch dieses Gefühl war im Moment zu beunruhigend. Sie zog es daher vor, sich auf die Erleichterung zu konzentrieren, daß sie noch lebte. Jon sprang inzwischen über die flachen Felsen am Ufer und leuchtete mit seiner Taschenlampe die Riffe und Lagunen ab.

»Justin!« rief er mehrmals.

Weit weg antworteten ihm ein Lichtzeichen und ein gedämpfter Schrei.

Jon sprang von Felsbrocken zu Felsbrocken, rutschte hin und wieder aus oder stolperte in kleine Tümpel. Er brauchte mehr als zwei Minuten, bis er seinen Sohn erreichte.

»Wo ist er denn?« fragte er Justin.

»Ich weiß es nicht.«

Justins Gesicht sah im Licht der Taschenlampe sehr weiß aus. Seine dunklen Augen waren von tiefen Ringen umgeben.

»Hier war er vorhin!«

Er deutete und lenkte den Strahl seiner Lampe auf eine Stelle unter dem Felsen, auf dem sie standen. Das Wasser gurgelte und schmatzte.

»Er kletterte über diesen Felsen, ließ sich hinuntergleiten und verschwand.«

Jon leuchtete die ganze Umgebung ab. Doch sie sahen nur dunkles Wasser und weißen Brandungsschaum.

»Könnte er versucht haben, zur Bucht zu schwimmen?« fragte Justin.

»Sei doch kein Narr!« brummte Jon. »Aber er könnte in der Finsternis gestürzt sein. Wenn man die Spitze eines Felsens erreicht, sieht man sich meist etwas um. Er könnte entweder durch diesen Kanal geflüchtet sein – oder er hat sich den Schädel auf dem Felsgrund eingeschlagen. Dann müßten wir aber seine Leiche sehen. Vielleicht ist er doch weggeschwommen. Wir müssen unbedingt diese Felsen hier absuchen. Du suchst auf dieser Seite, ich auf der anderen.«

Doch ihre Suche blieb ergebnislos. Erst nach Wochen gab die See die Leiche von Michael Rivers frei.

29

»Und was tun wir jetzt?« fragte Justin seinen Vater. »Was wird passieren?«

Sie saßen im Wohnzimmer von Clougy. Mitternacht war vorbei. Justins Körper schmerzte vor Erschöpfung. Selbst als er sich setzte, schwankte der Raum noch um ihn.

»Wir müssen die Polizei holen«, erklärte Jon.

»Das ist Wahnsinn«, brummte Alexander, der auf dem Sofa saß. »Was willst du ihnen sagen? Daß Michael tot ist? Das wissen wir ja noch gar nicht bestimmt. Oder willst du angeben, daß er Sarah umbringen wollte? Die erste Frage der Polizei wäre, wieso ein angesehener Anwalt wie Michael Rivers, eine Stütze der Gesellschaft, plötzlich deine Frau zu ermorden versuchte. Mein lieber Jon, die Polizei würde in uns nur eine üble Verschwörergruppe sehen. Und wenn du erzählst, deine erste Frau wäre von Michael ermordet worden, dann wird man dich fragen, wieso du das nicht schon damals gesagt hast und wieso du Marijohn hast beschützen wollen. Fragen über Fragen nach Motiven...«

»Um Himmels willen, Max!«

»Nun, dann hör auf, solchen Quatsch zu reden.«

»Hast du Angst um deine eigene Haut?«

»O Gott!« sagte Alexander und wandte sich an Justin. »Sag deinem Vater, wenn er jetzt zur Polizei geht, dann sind Sophia und Michael umsonst gestorben. Frag ihn, ob er Sarahs Namen in Balkenlettern auf allen Sonntagsblättern sehen will. *Horror und Honigmond* – eine treffende Schlagzeile, was? Oder: *Sensation! Erste Frau eines Millionärs ermordet! Millionär hilft der Polizei bei ihren Ermittlungen* – So etwas wäre für euch alle unerträglich, oder?«

Die Tür öffnete sich, und Marijohn kam herein.

»Wie geht es ihr?« fragte Jon besorgt. »Hat sie nach mir gefragt?«

»Sie schläft jetzt. Ich gab ihr zwei von meinen Schlaftabletten.« Marijohn ging zu Justin, der in der Ecke saß. »Justin, du siehst ja ganz erschöpft aus. Warum gehst du nicht schlafen? Jetzt kannst du doch nichts mehr tun.«

»Ich – wollte nur noch wissen, was jetzt geschieht.« Er sah seinen Vater an. »Wenn du die Polizei...«

»Polizei?« fragte Marijohn entgeistert und drehte sich zu Jon um. »Polizei?«

»Sag ihm, daß er wahnsinnig ist, Marijohn«, riet Max.

»Schau, Max...«

Oh, jetzt geht der ganze Zirkus wieder von vorn an, dachte Justin. Polizei oder nicht – was gesagt wird und was nicht – ob Michael verschwunden oder tot ist. Oh, bin ich müde!

Er schloß die Augen. Die Stimmen wurden immer leiser, entschwanden. Jemand beugte sich über ihn, und er spürte den Rand eines Glases an den Lippen. Er trank, hustete und öffnete die Augen.

»Armer Justin!« hörte er die Stimme sagen, die er vor zehn Jahren über alles geliebt hatte. »Du gehst jetzt zu Bett. Trink den Rest hier aus, dann bringe ich dich nach oben.«

»Mir geht es ganz gut«, murmelte er. »Hab nur schlappgemacht.«

Aber es waren unzählig viele Stufen, und seine Beine waren wie ausgeleierter Gummi. Doch schließlich lag er im Bett, und das Bett war weich und frisch, eine Zuflucht.

»Es geht schon«, murmelte er, als er vorsichtig ausgezogen und in seinen Schlafanzug gesteckt wurde.

»Ich fürchte, ich bin sehr selbstsüchtig gewesen«, sagte sein Vater. »Ich habe noch nicht einmal ein Wort des Dankes gefunden, und unten war ich so kurz angebunden. Aber ich werde nie vergessen, daß du es warst, der Sarah gerettet hat. Ich möchte, daß du das weißt. Wenn Sarah etwas passiert wäre...«

»Es geht ihr doch gut, ja? Es ist ihr doch nichts geschehen?«

Das Bett war so angenehm, das Kissen so weich. Widerstandslos ließ sich Justin zurücksinken. Er hörte nicht mehr, wie sein Vater das Zimmer verließ.

Als er wieder aufwachte, war es noch dunkel, aber von der Diele her fiel ein Lichtschimmer auf sein Bett.

»Wer ist da?« murmelte er schläfrig.

Marijohn beugte sich über ihn.

»Was ist denn los?« fragte er plötzlich hellwach. »Habt ihr die Polizei geholt?«

»Nein.«

Sie setzte sich zu ihm aufs Bett und strich ihm mit den Fingerspitzen sanft über das Gesicht. »Tut mir leid, daß ich dich aufgeweckt habe. Ich wollte nur nach dir sehen. Jon ist eben zu Bett gegangen, und Max trinkt noch den Rest Whisky aus. Wir haben drei Stunden lang miteinander geredet.«

»Und was habt ihr beschlossen?«

»Du fährst mit Sarah und Jon morgen weg«, erklärte sie, und ihre Stimme klang ein wenig schwermütig. »Von London aus nehmt ihr das erste Flugzeug nach Kanada. Ich kümmere mich mit Max um die Polizei.«

»Wie? Was wollt ihr ihnen denn sagen?«

»Sehr wenig. Max wird Michaels Wagen in der Nähe des Flughafens im Heidekraut stehenlassen. Morgen oder übermorgen rufe ich dann die Polizei an und sage, daß wir uns wegen Michael Sorgen machen würden, daß wir fürchten, er könnte vielleicht Selbstmord begangen haben, da wir seinen Wagen auf der Heide gefunden hätten, nachdem ihr alle nach London abgefahren wart. Ich erzähle, Michael wäre gekommen, um mich zur Rückkehr zu ihm zu überreden, aber ich hätte mich endgültig geweigert, so daß es zu einer Szene kam, nach der er mit dem Wagen wegfuhr. Außerdem hätte er seinen Selbstmord angedroht. Die Polizei kann, wenn sie will, nach ihm suchen. Findet sie ihn, dann stützt das nur unsere Geschichte.«

»Und falls Michael nicht tot ist?«

»Das ist er sicher. Jon ist auch davon überzeugt. Michael hat nichts mehr, für das zu leben es sich lohnen würde.«

»Aber – warum ist es denn so wichtig, daß die Polizei nicht die volle Wahrheit erfährt?« platzte er ärgerlich heraus. »Ich meine – der Skandal wäre ja wirklich entsetzlich – aber...«

»Es gibt Gründe«, antwortete sie. »Dein Vater erklärt sie dir.«

»Weshalb wollte Michael denn Sarah umbringen? Und warum brachte er meine Mutter um? Ich verstehe nicht...«

»Er wollte mich schützen.« Ihre Stimme klang farblos. »Er tat es meinetwegen. Dein Vater wird dir in Kanada alles erklären.«

Justin sah sie noch immer an.

»Ich wußte, daß er der Mörder sein konnte; aber ich fand kein Motiv«, sagte er und schüttelte den Kopf.

»Was hat Eve dir gesagt, daß du plötzlich so von Michaels Schuld überzeugt warst?«

»Ich brachte sie dazu, mir ihre Erinnerungen von jenem Wochenende zu schildern. Zusammen mit meinen eigenen rekonstruierte ich den wahren Ablauf der Geschichte. Früher hatte ich gedacht, mein Vater hätte meine Mutter getötet, weil ich einem Mann mit rotem Pullover zum Klippenpfad gefolgt war. Ich sah, wie dieser Mann meine Mutter hinunterstieß, und rannte über die Hügel nach Clougy zurück, weil ich fürchtete, mein Vater könnte mich auf dem Klippenpfad entdecken. Damals ahnte ich ja noch nicht, daß der Mann im roten Pullover nicht mein Vater war. Michael muß auf dem gleichen Weg wie ich nach Clougy zurückgekehrt sein, denn weder du hast ihn auf dem Rückweg von Sennen gesehen noch mein Vater, der über den Klippenpfad kam. Vater erzählte mir heute, daß ihr beide euch kurz nach dem Sturz meiner Mutter an den Felsstufen getroffen hättet.

Unterwegs stieß ich dann auch auf Eve. Ich versteckte mich, damit sie mich nicht sah. Heute erzählte sie mir nun, daß sie, als sie wieder ins Haus zurückkam, meinen Vater getroffen hätte. Sie erinnerte sich, daß er keinen Pullover trug. Also konnte der Mann im roten Pullover nicht mein Vater gewesen sein. Er hatte ihn wahrscheinlich ausgezogen und auf die Truhe gelegt. Somit mußte der Mann im roten Pullover entweder Max oder Michael gewesen sein. Nach Eve konnte es Max aber auch nicht gewesen sein, denn sie hatte ihn über den Klippenpfad zu den Flat Rocks gehen sehen, kurz bevor ich mich vor ihr versteckte. Sie sagte mir, sie hätte mit Max an der Weggabelung gestritten, und er wäre dann zu dem Treffpunkt mit meiner Mutter gegangen. Sie selbst hat sich an der Weggabelung auf einen Stein gesetzt, um nachzudenken. Sie hätte Max sehen müssen, wenn er von den Klippen nochmals zurückgekommen wäre. Der Mann im roten Pullover aber, dem ich folgte, hatte das Haus erst wenige Minuten, bevor ich Eve zurückkommen sah, verlassen. Also muß jener Mann Michael gewesen sein, denn mein Vater war noch im Haus, und Max war zu den Flat Rocks unterwegs.«

»Ja, ich verstehe«, sagte sie und stand auf und ging zur Tür. »Du schläfst jetzt besser wieder.«

Als sie sich umwandte, um die Tür zu schließen, fiel der Lichtschein voll auf ihr Gesicht. Etwas in ihrer Miene veranlaßte ihn, sie zurückzurufen. Doch sie hörte ihn nicht mehr.

30

Marijohn ging hinunter, um die Lichter auszuknipsen und abzusperren.

»Hallo«, sagte Max, der eben mit dem Whisky fertig geworden war, aber nicht betrunken zu sein schien. »Wie geht's meinem Mitverschwörer?«

Sie antwortete nichts, sondern schob nur die Vorhänge zurück, um die Verandatüren zu verriegeln.

»Du weißt doch, weshalb ich's tue?« fragte er düster. »Nicht für dich oder für Jon. Ihr beide habt einen guten Mann vernichtet, und ihr seid indirekt auch für Sophias Tod verantwortlich. Ich tu's des Mädchens wegen. Sarah kann nichts für das alles. Warum soll sie noch mehr leiden, als sie schon gelitten hat? Du hältst mich jetzt wohl für einen Don Quichotte? Amüsant, was? Aber für Frauen habe ich mich von jeher zum Narren gemacht. Du lieber Himmel, welch ein Narr war ich mit Sophia! Sie tat mir leid, sicher, aber ich hätte sie mir andererseits auch am liebsten tot gewünscht. Ich habe Sarah heute nicht erzählt, daß Sophia mich zwingen wollte, sie mit nach London zu nehmen, daß ich dieses Rendezvous an den Flat Rocks vorgeschlagen hatte, um sie zur Vernunft zu bringen. Damals sagte ich selbstverständlich auch nichts, denn ich hatte ja auch ein Mordmotiv. Du brauchst keine Angst zu haben, daß ich quatsche, Marijohn. Ich habe nicht mehr lange zu leben, und wenn ich tot bin, seid ihr alle in Sicherheit – du, Jon, Sarah und Justin. Der Junge muß natürlich die Geschichte in allen Einzelheiten erfahren. Ich beneide Jon nicht, wenn er es ihm erklären muß. Du hast doch den Jungen gern, nicht wahr? Er erinnert dich an Jon?«

Ja, sagte sie sich voll Kummer, und ich werde ihn immer mit anderen zu teilen haben, wie Jon.

»Mit Justin habe ich keine seelische Verbindung«, sagte sie laut. »Er erinnert mich nicht an Jon.«

»Und was wirst du jetzt tun, Marijohn?« fragte Alexander. »Du bleibst sicher nicht länger hier als unbedingt nötig.«

»Nein«, antwortete sie. »Jon will, daß ich Clougy verkaufe. Er sagt, er will dieses Haus nie wiedersehen.«

»Armer alter Jon!« sagte Alexander ganz unlogisch und trank den letzten Rest des Whiskys aus. »Wer hätte gedacht, daß er Clougy einmal niemals mehr würde sehen wollen! Schließlich behauptet er auch noch, er will dich nie mehr wiedersehen.«

»Das braucht er nicht erst zu sagen«, erwiderte Marijohn, und Tränen brannten in ihren Augen wie heiße Nadeln. »Das weiß ich schon.«

31

Als Sarah erwachte, hing weißer Nebel vor den Fenstern. Sie drehte sich um und griff nach Jon. Instinktiv zog er sie an sich und küßte sie. »Nun, wie fühlst du dich?« erkundigte er sich besorgt.

Sie kuschelte sich in die Geborgenheit seiner Arme. »Jon!«

»Wir fahren mit Justin nach dem Frühstück weg«, sagte er. »In London nehmen wir das nächste Flugzeug nach Kanada. Später erkläre ich dir, wie Marijohn und Max es mit der Polizei halten werden. Du brauchst dir keine Sorgen zu machen.«

Sie folgte mit sanften Bewegungen den Umrissen seines Gesichtes. Dann küßte sie ihn.

»Jon, ich liebe dich«, flüsterte sie. »Hörst du? Ich liebe dich.«

»Ich verspreche dir, mein Liebling, daß du niemals mehr durch eine solche Hölle gehen mußt«, sagte er. »Wir werden niemals mehr nach England zurückkehren.«

»Oh!« Sie seufzte erleichtert und war erstaunt, daß sie kein bißchen Traurigkeit verspürte. »Wir müssen uns aber noch von deiner Mutter verabschieden. Sie tut mir leid. Justin wird ihr sehr fehlen.«

»Sie wird drüber wegkommen«, meinte er, und sein Mund wurde hart. »Sie ist wie die meisten schönen Frauen sehr exzentrisch und selbstsüchtig und sorgt sich um keinen Menschen, nur um sich selbst.«

»Unsinn, Jonny!« wandte sie trotzig ein. »Auch ein Außenstehender spürt, daß sie dich liebt. Nein! Widersprich mir nicht! Ich weiß, was ich sage. Wir müssen sie nach Kanada einladen. Sie hat genug Geld und kann uns besuchen, sooft sie mag. Justin soll auf jeden Fall mit seiner Großmutter in Verbindung bleiben. Schließlich hat sie ihn aufgezogen. Er muß sehr an ihr hängen. Ehe wir abfliegen, müssen wir uns unbedingt noch mit ihr treffen.«

Er wollte ihr widersprechen, doch sie legte ihm eine Hand auf den Mund.

»Bitte, Jon!« flüsterte sie und küßte ihn auf den Mund.

Seine Augen wurden weich, und er lächelte. Sie wußte nun, daß sie in Zukunft seine Abstandslaune nicht mehr zu fürchten brauchte.

Und sie wußte auch, daß er niemals mehr einer anderen Frau gehören würde.

EPILOG

Als alle gegangen waren und Marijohn allein im Haus war, setzte sie sich im Wohnzimmer an den Schreibtisch und legte ein Blatt Papier vor sich hin. Der Himmel draußen war tiefblau, und am Ende der Zufahrt rauschte das Wasser über das Mühlrad.

Mein lieber Jon, schrieb sie rasch und entschlossen. *Wenn Du diesen Brief bekommst, bist Du in Kanada und in Deinem neuen Leben. Ich weiß, es wird Dir vieles bieten, mehr als das zuvor, denn Sarah und Justin werden bei Dir sein, und bald wird Sarah eigene Kinder haben. Du sollst wissen, wie glücklich ich darüber bin, denn ich wünsche mir nichts auf Erden sehnlicher als Dein Glück, als ein erfülltes, reiches Leben für Dich.*

Ich habe beschlossen, in jene Welt zurückzukehren, in der ich glaube leben zu können: in die von Anselm's Cross oder in die eines anderen Klosters. Ich dachte daran, Deinem Vorschlag zu folgen und auf Reisen zu gehen, aber ich glaube, ich würde nirgends den ersehnten Frieden finden, den ich hier in Clougy nicht mehr finden kann.

Wenn ich zurückschaue, dann verstehe ich, daß alles meine Schuld war. Auf irgendeine Weise habe ich Sophia getötet, dann Michael, schließlich fast Sarah. Ich habe Michaels Leben zerstört, fast auch Deines. Ich glaube, beides könntest Du mir verzeihen, niemals aber das, was Sarah in jener Nacht geschah. Max sagte immer, du wärst derjenige, der seiner ganzen Umgebung Gefahr bringt, aber das stimmt nicht. Ich war die Ursache aller Gefahren, ich und nicht Du. Wenn Du ehrlich vor Dir selbst bist, wirst Du es ebenso klar sehen wie ich.

Beim Abschied sagtest Du, wir könnten einander in ferner

Zukunft einmal wiedersehen. Nein, Jon, das wird nie der Fall sein. Du hast das nur gesagt, um meinen Schmerz zu lindern. Ich werde Dich niemals mehr sehen, nicht deshalb, weil Du glaubst, es wäre besser für uns beide oder für Sarah oder Justin, sondern weil Du mich gar nicht mehr wiedersehen willst, weil Du ebenso gut weißt wie ich, daß Sarah fast meinetwegen ihr Leben verloren hätte, daß Deine zweite Ehe beinahe so zerbrochen wäre wie Deine erste, und Du weißt, daß Du kein weiteres Risiko eingehen darfst. Ich tadle Dich deshalb nicht, mein lieber Jon. Das Wissen, daß ich Dich niemals wiedersehen werde, hilft mir, den für mich richtigen Weg einzuschlagen.

Drei Dinge habe ich Dir noch zu sagen: Bemitleide mich nicht, mach Dir selbst keine Vorwürfe und versuche niemals, mit mir wieder Verbindung aufzunehmen, auch nicht aus Herzensgüte, auch nicht, wenn viele Jahre vergehen.

Für Dich, mein Liebster, alle Liebe und alles Glück der Welt, alles, was Du Dir je erträumst.

Immer Deine

Marijohn.

DIANA GABALDON

Eine geheimnisvolle Reise ins schottische Hochland des 18. Jahrhunderts. Und eine wildromantische Liebe, stärker als Zeit und Raum...

»Prall, üppig, lustvoll, kühn, historisch korrekt – und absolut süchtigmachend!«
Berliner Zeitung

43772

GOLDMANN

GOLDMANN

*Das Gesamtverzeichnis aller lieferbaren Titel erhalten Sie
im Buchhandel oder direkt beim Verlag.
Nähere Informationen über unser Programm erhalten Sie auch im Internet unter:*
www.goldmann-verlag.de

★

Taschenbuch-Bestseller zu Taschenbuchpreisen
– Monat für Monat interessante und fesselnde Titel –

★

Literatur deutschsprachiger und internationaler Autoren

★

Unterhaltung, Kriminalromane, Thriller
und Historische Romane

★

Aktuelle Sachbücher, Ratgeber, Handbücher und
Nachschlagewerke

★

Bücher zu Politik, Gesellschaft, Naturwissenschaft und Umwelt

★

Das Neueste aus den Bereichen
Esoterik, Persönliches Wachstum und Ganzheitliches Heilen

★

Klassiker mit Anmerkungen, Anthologien und Lesebücher

★

Kalender und Popbiographien

★

Die ganze Welt des Taschenbuchs

★

Goldmann Verlag • Neumarkter Str. 18 • 81673 München

Bitte senden Sie mir das neue kostenlose Gesamtverzeichnis

Name: _____

Straße: _____

PLZ / Ort: _____